UNIVERSITÉ DE FRANCE.

ÉCOLE NORMALE SUPÉRIEURE.

SÉANCE DE RENTRÉE.

INAUGURATION DANS LE NOUVEL ÉTABLISSEMENT DE LA RUE D'ULM.

4 novembre 1847.

1847.

UNIVERSITÉ DE FRANCE.

ÉCOLE NORMALE SUPÉRIEURE.

SÉANCE DE RENTRÉE.

INAUGURATION DANS LE NOUVEL ÉTABLISSEMENT DE LA RUE D'ULM.

4 novembre 1847.

La solennité de l'inauguration de l'Ecole normale supérieure, présidée par M. le Ministre de l'Instruction publique, Grand-Maître de l'Université, avait réuni dans la vaste bibliothèque de l'établissement un grand nombre de personnages de distinction, des pairs de France, des députés, des membres de l'Institut, les inspecteurs généraux de l'Université, les inspecteurs de l'Académie de Paris, des professeurs des Facultés, tous les professeurs de l'Ecole, des proviseurs des colléges royaux, etc.

Parmi les conseillers de l'Université, on remarquait MM. le baron Thénard, Rendu, Cousin, Guigniaut. MM. Dupin, Thiers, Victor Hugo assistaient aussi à cette séance.

M. Dubois, conseiller titulaire de l'Université, directeur de l'Ecole, a ouvert la séance par un discours remarquable, dans lequel il a retracé l'histoire complète de l'Ecole normale. Ce discours, élégamment écrit, plein de pensées élevées, de traits heureux et de sages conseils, auxquels la position élevée et le caractère de l'orateur donnaient une nouvelle autorité, a obtenu un grand et légitime succès.

M. Vacherot, directeur des études, a lu ensuite son rapport annuel sur l'état des travaux des élèves. Il a produit une bonne et salutaire impression.

M. le Ministre de l'instruction publique a clos la séance par une courte et chaleureuse improvisation. Il a rendu pleine justice à la ferme et intelligente direction de l'Ecole, et remercié M. le conseiller Dubois de services dont l'Université gardera le souvenir.

M. le conseiller-directeur s'est exprimé ainsi :

Monsieur le Ministre,

Au moment où, quoique après six mois de séjour déjà, nous prenons réellement possession de cette magnifique demeure, notre premier devoir et le premier besoin de nos cœurs est d'élever nos hommages vers le Roi, qui, le 6 août 1830, simple lieutenant général du royaume et gardien de la révolution, entre la charte nouvelle qui s'écrivait et le serment qui allait unir ses destinées et celles de sa famille aux destinées de la France et de la liberté, trouvait un regard pour notre Ecole déchue, lui rendait son nom avec l'avenir, et reprenait ainsi, dans une heure de victoire populaire, l'œuvre délaissée de Napoléon.

Permettez, toutefois, que je détourne une part de la reconnaissance vers un ministre (M. Villemain) dont le nom, cher à l'Ecole à tant d'autres titres, est désormais inséparable de cet acte de munificence nationale, et qui, en 1845 encore, préparait la riche dotation de nos collections et de nos appareils scientifiques ; vers vous enfin, Monsieur le Ministre, légataire fidèle et heureux d'une pensée méditée aussi par vous-même à votre premier ministère, et dont vous ne cessez depuis deux ans de poursuivre avec vigueur les conséquences, en réclamant les dernières libéralités qui doivent assurer l'indépendance et la dignité de notre enseignement.

Entre le décret de 1808 et l'exécution des promesses que nous voyons enfin s'accomplir, il ne s'est pas écoulé moins de trente-neuf ans. Trente-neuf ans ! et de quelles vicissitudes, de quelles épreuves remplis !

N'est-ce pas une naturelle et légitime curiosité de se retourner vers ces années écoulées et de leur redemander ce qu'elles gardent de leçons et peut-être de gloire, si ce mot ne paraît pas trop

messéant à la vie modeste et cachée d'une institution qui pourtant
n'a été ni ingrate ni inféconde pour la science et pour la patrie?
Je l'ai pensé. Et puisque mon laborieux dévouement devait avoir
cet honneur et cette récompense de conduire ici, comme à la terre
promise, la jeune et fidèle colonie héritière de tout ce passé, je
voudrais, s'il m'était possible, retracer en quelques pages des
souvenirs que le temps va bientôt emporter, et que notre mémoire
à nous, enfants déjà vieillis des premiers jours, retrouve à peine
flottants et à demi submergés. Traditions, culte des aïeux, religion du foyer domestique, vous seuls êtes la vie; rien ne dure
que ce que vous avez consacré. Que ce soit donc là notre premier
acte, en entrant ici, de rassembler tous nos titres et de parer,
pour ainsi dire, la maison nouvelle des images de celles où nous
sommes nés dans de grands et glorieux jours, que nous quittâmes,
bercés de l'espoir d'une fortune heureuse, bientôt changée en
persécution; où, après douze années, dont six d'effacement et
d'exil, nous rentrâmes pour souffrir encore, mais grandir de
nouveau; à laquelle enfin le dernier adieu peut se dire aujour-
d'hui avec confiance et sécurité, même en présence des orageuses
et grandes luttes où la concurrence et la liberté nous appellent.

L'Ecole, en effet, a eu quatre âges.
De décembre 1810 à septembre 1815.
De 1815 à 1822.
De 1826 à 1830.
De 1830 jusqu'à ce jour.

Les dates seules disent assez quels événements ont pesé sur
chacun d'eux, et quel caractère particulier chaque régime politique a tenté d'imprimer à l'institution. Mais c'est là le mérite des
établissements appelés par les besoins des temps, que, sous tous
les pouvoirs, à travers tous les obstacles, leur vie se soutient et
leur progrès s'accomplit.

Tel est le sort de l'Université, et tel celui de l'Ecole qui en est
le centre et le lien. Un seul et même esprit les anime et persiste,
qui ne vient, Dieu merci, ni de la volonté arbitraire d'un législateur, ni d'aucune succession factice d'hommes ou d'influences;
mais sorti du fond même de la société moderne, y redescend à
son tour pour la maintenir et la perpétuer telle que nous l'ont
faite les longs efforts d'un grand siècle et soixante années de
révolutions. (Applaudissements.)

Séculariser l'enseignement, le soumettre à l'unité de doctrines et de méthodes, sous la discipline d'une hiérarchie civile recevant et imprimant partout la souveraine impulsion de l'Etat, ce n'est pas, comme on le croit généralement, une pensée née d'inspiration et d'élan dans la crise de 1789, passant à travers la constituante et les assemblées qui la suivent pour recevoir enfin l'ineffaçable marque de l'impérial législateur de 1806 et de 1808. Richelieu l'avait couvée, dit-on, dans sa tête puissante ; d'Aguesseau la rêvait silencieusement en contemplant la triste décadence des Universités ; et dès 1730 il en laissait échapper comme un premier indice dans les lettres patentes qui instituaient l'Université de Douai. Mais ce n'était là qu'un germe solitaire déposé dans quelques esprits. Trente ans plus tard on le vit soudainement éclore.

Il y a, en effet, pour les études en Europe, et particulièrement en France, une époque de véritable révolution ; mais l'événement qui en marque la date a comme obscurci tout autre souvenir. Les affections et les haines de parti n'ont voulu considérer que la dispersion d'une société célèbre. A Dieu ne plaise que je veuille ranimer ici ces amères querelles ! Je cherche d'autres enseignements ; il est d'autres événements conséquences de celui-là, des actes bien autrement féconds, émanés à la fois de tous les gouvernements catholiques qui viennent de frapper cette mystérieuse et puissante hiérarchie.

A peine, en effet, a-t-elle fermé ses écoles qu'un vide immense se fait partout sentir, et la nécessité de le combler.

L'étude de ses redoutables constitutions, ses noviciats de maîtres longuement et habilement préparés, l'unité de ses doctrines embrassant l'univers chrétien qu'elle enseigne, tout révèle aux gouvernements leurs droits, leurs devoirs et les moyens de les remplir.

Partout même cri se fait entendre : Education nationale.

Espagne, Portugal, Naples, Parme, Autriche, quoique là encore la société de Jésus demeure, tous ces Etats sont en crise et en travail de régénération.

Mais, en France surtout, de savants et patriotes magistrats savent se dérober aux haines stériles contre un ordre vaincu. Les Guyton de Morveau à Dijon, les Monclar et les Saissin à Grenoble, les La Chalotais à Rennes, les Laverdy et les Roland à Paris, entraînent à leur suite leurs compagnies tout entières ; l'idée d'une réforme et d'un plan général d'éducation se dessine, s'arrête dans une suite d'enquêtes, de comptes rendus, d'arrêts admirables qui se succèdent non plus pour détruire, mais pour fonder. On interroge toutes les traditions ; les Universités, les écrivains proposent leurs plans, et de tout ce travail de la pensée publique, la magistrature parisienne fait sortir chaque jour quelque salutaire et féconde mesure. Le Conseil du Roi, entraîné par le même mouvement, les consacre par des édits souverains.

J'ai prononcé le nom du président Roland, trop oublié peut-être précisément parce qu'il n'a pas été un moment mêlé aux luttes de colère ; et pourtant s'il nous est aujourd'hui possible de renouer la chaîne des traditions, de retrouver sous les ruines la trace des derniers travaux du parlement et de l'Université, et l'origine de tout ce qui s'est fait de bien et de durable en éducation depuis l'ouverture de ce siècle, c'est à lui, à lui seul que nous le devons. Grand et sage esprit, patiente et forte raison, qui pendant vingt années, même durant l'exil et la dissolution de sa compagnie, n'a pas délaissé un seul moment l'œuvre entreprise et la conduite presque achevée jusqu'aux confins de la révolution ; cœur désintéressé de toute ambition, qui, désigné par le vœu général, par le Conseil du Roi comme directeur de l'instruction publique, se retranchait obstinément dans la paix de sa studieuse retraite, et ne demandait d'autre prix de ses services que de voir enfin l'Etat, arrivé à la conscience de son droit, s'en saisir pour le bien de la patrie, de la science et de la religion. (Applaudissements.)

Ce n'est ici ni le temps ni le lieu de pénétrer dans les détails ; mais laissez-moi, Messieurs, indiquer seulement les sommaires de ces grands projets, depuis les arrêts du 3 septembre 1762 et 8 février 1763 jusqu'au compte rendu et au plan d'éducation de 1768 : vous verrez si aucune question est omise.

Les colléges ne peuvent être isolés, et doivent tous *correspondre*, c'est-à-dire être soumis à la juridiction d'une Université.

L'Université de Paris doit devenir le chef-lieu et le centre de tout l'enseignement du royaume.

Dans le sein de l'Université de Paris, mais au-dessus d'elle et distinct de son tribunal électif et annuel, doit être placé *un bureau de correspondance*, c'est-à-dire un Conseil de gouvernement inamovible composé d'universitaires émérites, ou encore employés dans les hautes fonctions d'enseignement.

A ce bureau doit se rattacher un corps *de visiteurs* parcourant annuellement tous les établissements d'instruction publique,

La qualité de maître ès arts n'est pas suffisante pour enseigner ; il faut d'autres épreuves et un concours d'agrégation pour chaque faculté.

Une maison de retraite pour les émérites, une maison d'institution pour les jeunes maîtres, placées l'une à côté de l'autre, sont nécessaires pour balancer la supériorité d'organisation des congrégations religieuses.

Arrêtons-nous ici, Messieurs, car voici notre origine : le parlement et le savant président qui lui sert d'organe n'ont pas seuls médité et arrêté ces projets ; un arrêt célèbre du 3 septembre 1762 avait interrogé les six Universités du ressort, Reims, Bourges, Orléans, Angers, Poitiers et Paris : toutes avaient répondu, et particulièrement Paris. Les anciens recteurs et doyens réunis aux recteur et doyen en exercice avaient apporté le tribut de leur expérience, et, dans un Mémoire général, adressé à la cour le 9 janvier 1763, éclatait, exprimé vivement, le vœu de la fondation d'un noviciat : c'est à eux, et aussi à quatre autres excellents Mémoires d'un pauvre régent, l'abbé *Pelissier*, qu'est dû le projet et le plan dont voici les principaux traits :

Réunir dans le collége Louis-le-Grand, devenu le chef-lieu de l'Université de Paris, les boursiers de vingt-deux petits colléges, tous en décadence et en ruine, distinguer dans cette jeune et pauvre milice les élèves d'élite et les vocations d'enseignement ;

Les soumettre à une discipline de préparation par de longues et spéciales études ; les donner pour élèves au Collége de France, alors désert et destitué d'auditeurs ;

Etablir à l'intérieur des conférences et des répétitions par des maîtres exercés et par de jeunes condisciples, tous élevés et formés sous la même règle et sous l'empire des mêmes traditions :

Les faire passer de là à l'essai pratique des classes dans les colléges de Paris et à l'épreuve de l'agrégation ;

Les répartir ensuite dans tous les colléges des diverses Universités du royaume, en leur conservant et un avancement régulier et leur appel, par ordre de mérite et de services, aux chaires de Paris.

Je n'ajoute, ni ne retranche, ni n'interprète, je copie, Messieurs.

Considérez maintenant et l'Université de 1808 et notre Ecole, et dites si aucun trait manque à ce plan de 1763.

Mais que de choses encore je néglige ! combien de nécessités sociales à peine satisfaites depuis 1830 ! combien de vœux que nous élevons encore chaque jour trouvent là leur première et énergique expression !

Ainsi l'instruction primaire sous le nom d'*écoles de villages* des maisons d'institution pour former les maîtres ; l'éducation des filles à tous les degrés disputée aux couvents par des institutrices laïques formées aussi sous la tutelle de l'Etat ; des pédagogies ou pensionnats sous l'autorité des Universités, avec un enseignement approprié à l'industrie et au commerce ; enfin des écoles pratiques à substituer, disent les Mémoires, aux ambitieuses et stériles prétentions des sociétés d'agriculture.

Je le répète, Messieurs, qu'avons-nous accompli, et que demandons-nous encore aujourd'hui que ces calmes et persévérantes études n'eussent dès lors préparé à la France ; et qu'il est à regretter que l'établissement du parlement Maupeou, ou, comme parlent nos savants magistrats, la révolution de 1771, soit venu en interrompre le cours, et en retirer les premiers bienfaits. Alors, en effet, s'opère une brusque et funeste conversion dans la politique du gouvernement. Il ne s'agit plus d'unité et d'uniformité d'enseignement, d'éducation laïque et nationale ; on se rejette vers les communautés religieuses ; quand celles qui sont vouées à l'enseignement ne peuvent suffire, on appelle celles qui y sont jusque-là demeurées étrangères, en modifiant leurs règles ; l'éducation même de la noblesse militaire leur est confiée, malgré la réclamation de l'ordre dans les pays d'Etats. Sous la capricieuse autorité de municipalités sans lumières, le reste des colléges est sans cesse en crise : tout se mêle, tout se confond, et quand les parlements rétablis veulent reprendre leur œuvre, déjà gronde l'orage d'une bien autre révolution que celle dont ils viennent de triompher. Il n'y a plus place que pour le souci de leur propre existence et de l'existence même de la monarchie.

II.

En éducation la révolution avait de grands devoirs ; elle promit et voulut beaucoup. Dans un rapport que l'enthousiasme du temps égalait à la préface de l'*Encyclopédie*, la main à la fois discrète et hardie de Talleyrand consigna les pensées et les vœux de l'assemblée constituante, la veille même de sa dissolution. Organe de la législative, Condorcet exprime mêmes desseins. Précipitée de crise en crise et roulant avec elle les débris du passé qu'elle efface, la convention jette à son tour sur le flot quelques décrets empreints tantôt de grandeur et tantôt de folie, tantôt laissant tout en proie à une liberté sans limites et sans contrôle, et tantôt se rejetant dans l'étroite et ombrageuse tyrannie d'une idéale unité, rêve spartiate de tant d'esprits chimériques. Il faut traverser deux ans, jusqu'au delà du 9 thermidor, pour rencontrer enfin une heure de halte, où l'assemblée se puisse recueillir au milieu du vide et de la désolation qu'elle a faits.

Alors apparaissent quelques hommes de bien, longtemps cachés dans l'ombre, souvent menacés et cependant toujours épargnés, parce que, révolutionnaires sincères, leur obstination courageuse à ramener sans cesse l'idée de fondations utiles a commandé le respect. Libres enfin et dégagés de la terreur ou de la tutelle sanglante des partis, ils parlent en leur propre nom et sont écoutés; ils ordonnent et sont obéis. Sciences, lettres, beaux-arts, professions utiles, institutions de défense nationale, infirmités humaines, rien n'est oublié. Comptons : Institut national, bureau des longitudes, Muséum d'histoire naturelle, bibliothèques, Ecole polytechnique, sous le nom d'Ecole centrale des travaux publics, Ecoles d'artillerie, des mines, des ponts et chaussées; Conservatoire et Ecoles des arts et métiers, Conservatoire de musique, sourds-muets, Ecoles de médecine, Ecoles vétérinaires, écoles primaires, écoles centrales, tout sort et s'élance à la fois, emprunté et rajeuni du passé ou tout à fait créé pour la société nouvelle.

Au milieu, ou, pour parler plus juste, au début de tant de créations, le lendemain même du premier décret sur les écoles centrales, éclate une de ces pensées ou plutôt un de ces ordres d'action soudaine et irrésistible qui marquent le caractère de la convention. Les maîtres manquent, et il en faut lever, soldats improvisés de la science, comme naguère ces populaires milices de la victoire, jetées à la frontière ; les Ecoles normales sont décrétées ; un mois à peine après, 1,400 hommes déjà mûrs et instruits arrivent au pas de course, défrayés et entretenus par le trésor. La grande Ecole parisienne, qui doit être la mère d'écoles pareilles dans les départements, commence ses leçons. Lagrange, Laplace, Bertholet, Monge, Haüy, Daubenton et Thouin représentent les sciences. L'analyse de l'entendement, la grammaire générale, la géographie, l'histoire, la morale et les lettres ont pour interprètes Garat, Sicard, Buache et Mentelle, Volney, Bernardin de Saint-Pierre et La Harpe. Ce fut un grand et beau jour que celui où tous rassemblés, maîtres et élèves, debout et en silence, écoutaient pour toute installation la grave et simple lecture du décret fondateur, faite par celui dont la nette, prompte et ardente sagacité d'esprit avait tout inspiré, tout organisé ; Lakanal, qu'il y a deux ans à peine, nous pouvions contempler encore rude et ferme vieillard , revenu de l'exil, pauvre, mais non méconnu entouré de respects dans cette Académie des sciences morales et politiques qu'il avait aussi contribué à créer. Permettez cet hommage, Monsieur le Ministre, à un nom qui, grâce à vous, rappelle aussi désormais un bienfait du Roi et de la France : ce souvenir nous est imposé par notre histoire, car c'est de cette loi de brumaire an III que nous vient notre nom. (Applaudissements prolongés.)

L'institution aussi, quoi qu'on ait dit et quelque courte qu'ait été sa vie, n'a point passé stérile. Sans doute on n'avait pas marqué avec assez de précision l'objet et le caractère des écoles dont la grande Ecole parisienne devait être le séminaire : incertains s'ils formaient des maîtres pour l'enseignement moyen ou supérieur, les professeurs s'attachèrent moins aux préceptes et à l'art d'enseigner qu'aux méthodes et aux procédés directs de la science que chacun d'eux aimait et professait. Involontairement, l'enseignement demeura dans les généralités ou s'éleva à la hauteur où pouvaient le porter de tels maîtres : l'élite des élèves y monta seule avec eux ; le reste, sans vocation, ou vaincu de faiblesse, se détourna vers la distraction ou soupira pour le retour dans ses foyers. D'autant plus vite découragée qu'elle avait voulu moisson plus prompte, la convention licencia l'Ecole. Mais n'est-ce pas de cette espèce de congrès qu'est sorti le magnifique mouvement scientifique dont nous contemplons aujourd'hui les merveilles descendues dans l'application ? N'est-ce pas là que pendant six mois ont vécu réunies et concentrées cette première génération de savants déjà vieux de gloire au moment de la révolution, et cette autre génération, sa fille, qui devait avec elle et après elle peupler l'Ecole polytechnique, les Ecoles centrales, et plus tard nos Facultés ? N'est-ce pas de là que sont venues toutes les grandes méthodes et l'usage de la leçon improvisée, jusque-là inconnu, ou au moins bien rare, et ces conférences où le maître interrogé préside ; pratique excellente alors si féconde, et qui, depuis, recueillie et suivie avec ardeur dans notre propre Ecole, de 1810 à 1815, va nous donner tout à l'heure un second et non moins remarquable exemple de fécondité.

J'ai hâte d'arriver au moment où commence notre véritable histoire, et cependant douze ans encore nous en séparent. Dans cet intervalle se succèdent deux grands systèmes d'instruction publique, qu'il est impossible de passer sous silence, celui de la loi de brumaire an IV, organisatrice des écoles centrales, et celui de la loi consulaire de 1802. Mais, dans l'un ni dans l'autre, la pensée d'une école destinée à former des maîtres n'a point trouvé place.

Epouvanté des souvenirs de l'ancien régime, et plus encore de la dure servitude qu'avaient préparée aux générations naissantes les étroits et violents imitateurs du despotisme civique de l'antiquité, le législateur de l'an IV cherche à la liberté de la pensée une garantie dans la liberté illimitée de l'enseignement. La loi pourra bien semer çà et là quelques écoles entretenues par l'Etat; mais ces écoles elles-mêmes se recrutent par l'élection et se gouvernent par l'autorité de jurys indépendants et de magistratures locales. Suspect et désarmé, le gouvernement central assiste comme étranger aux développements d'une éducation qui lui ravit tout empire sur les générations espoir de son avenir. Comment et pourquoi la loi lui aurait-elle laissé la faculté d'élever et de préparer des maîtres qu'il n'élit, ni ne dirige, ni ne protége?

La loi consulaire de 1802 relève l'Etat de cette déchéance. Toute école ressortit de lui par l'autorisation qu'il accorde ou refuse, par la surveillance et l'inspection qu'il exerce : il a ses lycées qu'il gouverne, ses méthodes d'enseignement, ses règles de discipline qu'il impose, ses professeurs qu'il donne ou retire ; et cependant il semble ne prendre aucun souci de les former : lui aussi il les demande au concours ou à l'élection. Serait-ce donc oubli? La prévoyante pensée du consul n'en saurait guère être soupçonnée ; la preuve même du contraire nous reste écrite dans le premier acte émané de lui sur l'instruction publique, acte aujourd'hui à peine compté et digne de regard quand on le rapproche des grandes conceptions de 1802, 1806 et 1808, mais qui en est comme le prélude et le dessin jeté en essai à l'opinion publique.

Dans le court exposé des motifs qui précède la réorganisation du prytanée français, Lucien Bonaparte, alors ministre de l'intérieur et interprète de la pensée de son frère, déplore le manque de maîtres formés aux mêmes doctrines, inspirés par les mêmes traditions ; dans le texte même de l'arrêté, une disposition remarquable répond à ce regret. Dans chaque section civile de chacun des quatre prytanées de Paris, Saint-Cyr, Saint-Germain et Compiègne, une part est faite aux vocations d'enseignement. Les élèves qui s'y voueront doivent recevoir des leçons spéciales, et ce sont eux qui remplaceront leurs maîtres.

Lors donc qu'en 1802 le consul se détourne d'un but si nette-ment marqué, c'est qu'une nécessité plus pressante occupe sa pensée : le fondateur des lycées a en face de lui des établisse-ments sans nombre, les uns prospères encore, les autres déjà flé-chissants ; comme il en attire les élèves par l'attrait des bourses, il en veut aussi attirer les maîtres, et d'agents de l'industrie pri-vée, faire des magistrats de l'éducation nationale. Il sait bien d'ail-leurs que ce n'est pas une levée de jeunes maîtres qui pourrait suffire à l'œuvre qu'il médite. Celui qui renoue la chaîne des tra-ditions ne peut avoir pour instrument que la génération élevée sous leur empire. Mais laissez faire le temps ; dix ans passés, une autre génération sortira des mains de celle-là, prête à recueillir et perpétuer l'héritage ; le germe alors déposé dans l'organisation du prytanée se développera et s'épanouira dans une institution véritable, portée dès lors comme l'Université elle-même dans la pensée du maître.

Trop de mains habiles, et trop récemment dans les luttes ou-vertes sous nos yeux, ont retracé le tableau de l'Université nais-sante pour que la mienne s'y hasarde à son tour. Mon sujet, Dieu merci, est plus modeste, et m'enferme dans ce studieux asile que le parlement de Paris voulait ouvrir en 1763, et dont j'ai dû suivre la pensée et la trace à travers cinquante années.

III.

Si nous en croyons le témoignage de Cuvier, Fourcroy, qui prépara le décret de 1808, l'avait vingt-trois fois remanié, et cinq rédactions se succédèrent au conseil d'Etat. Je ne sais si le plan de la maison d'institution de 1762 fut consulté ; mais, à lire les titres XIV et XV du décret de 1808 sur le pensionnat normal, l'éméritat et l'agrégation, on croit relire les Mémoires de la vieille Université, le projet du président Roland et les lettres patentes de 1766.

Rappelez-vous ce que je mettais il n'y a qu'un instant sous vos yeux, et comparez :

Trois cents élèves doivent être entretenus au pensionnat (vous reconnaissez là les immenses proportions des besoins de l'em-pire) ; des examens décident de l'admission ; un engagement de dix ans au service de l'Université payera l'Etat de ses sacrifices et remplacera le service militaire.

Le cours normal sera de deux ans. Les élèves suivront les leçons des Facultés, du Collége de France, de l'Ecole polytechnique et du Muséum. Des répétitions intérieures et des conférences soutiendront et développeront l'enseignement extérieur. Les grades seront pris à Paris. L'Ecole est dirigée par un conseiller titulaire, qui y réside et la gouverne sous l'autorité immédiate du Grand-Maître.

Sous le même titre XIV, l'agrégation, qui n'est pas encore imposée aux élèves, met en regard de l'Ecole cette autre milice, sa sœur et sa rivale, qui la tient en haleine et brise le privilége.

Quelques mois plus tard, au lendemain de la naissance d'un fils, dans une pensée profonde sous son orgueil, le fondateur de dynastie rêvera et décrétera les deux modestes et nationaux asiles adossés à l'Ecole militaire et aux Invalides sous l'ombre du palais de l'héritier impérial, unissant ainsi à la perpétuité du trône et des institutions la force qui les défend, l'éducation qui les sanctionne et les fait aimer.

Tant d'éclat ne devait pas, Dieu merci, éblouir notre berceau, et j'aime mieux, je l'avoue, ce vieux collége de Louis-le-Grand et cet autre plus vieux collége du Plessis, où l'Université nouvelle allait retrouver vivantes encore les traditions de l'ancienne.

A ces premiers traits marqués dans le décret de 1808, un statut de 1810 ajoute les développements nécessaires à l'organisation de l'Ecole.

Pour l'administration et la discipline, la vie de collége étroite et sévère, presque de couvent; toutes sorties particulières interdites et séparation absolue du monde : la pensée de l'empereur tournait à l'idée étrange d'une sorte de congrégation laïque et célibataire; le décret en a le trait.

Dans l'étude, au contraire, libéralité, diversité, comparaison et critique ; balancement habile de l'enseignement extérieur et de l'enseignement interne.

Deux sections, lettres et sciences. Dans les sciences, classement dès l'entrée en mathématiciens et physiciens; dans les lettres, toutes les spécialités confondues, grammaire, humanités, philosophie ; l'histoire n'avait pas de professeurs à part dans les lycées. Pour les deux sections en première année, révision et complément des études de collége, préparation au baccalauréat. En seconde année, préparation à la licence, exercice des méthodes et pratiques d'enseignement.

Durant les deux années et dans les deux sections, chaque élève astreint à trois cours de Faculté, lettres ou sciences, suivant sa destination.

A l'intérieur, deux ordres de conférences : les unes, les plus élevées, confiées à des maîtres déjà exercés ; les autres, en première année, à des élèves répétiteurs, élite de chaque promotion.

Dans les sciences, répétitions pied à pied, interrogations, manipulations d'après les leçons de la Faculté. Dans les lettres, même prescription ; mais en réalité et par le caractère même des exercices imposés aux élèves, indépendance nécessaire et enseignement parallèle ; explication et analyse des auteurs classiques, traductions, commentaires, compositions : débat critique et jugement par tous les élèves de chaque conférence, si l'œuvre est digne d'être présentée au chef de l'Ecole et conservée dans les archives.

Enfin, durant les trois derniers mois du séjour à l'Ecole, au lieu de la préparation au concours d'agrégation et des exercices pratiques qui ont lieu aujourd'hui dans les colléges de Paris, conformément à la pensée de 1763, les conférences transformées en classes, chacun prenant à son tour le rôle de professeur, et cet exercice répété depuis les classes élémentaires jusqu'aux plus élevées.

Voilà le régime : ébauche sans doute imparfaite, mais simple et pratique selon les besoins et les ressources du temps, flexible et souple à toutes les nécessités de l'avenir, et où se marquent, ineffaçables déjà, les traits caractéristiques de l'institution.

De la théorie et de la règle , passons aux faits et aux hommes.

L'Ecole s'ouvrit obscurément un des derniers jours de décembre 1810; les Facultés avec éclat, le 19 avril 1811.

Dans son discours d'installation, le Grand-Maître associe intimement les deux institutions ; leur vie, en effet, allait être commune, et de leur accord devait sortir la double régénération de l'enseignement secondaire et de l'enseignement supérieur.

Mais comment cet accord allait-il s'établir ?

Parmi les conseillers titulaires entre lesquels le décret enfermait nécessairement le choix du chef de l'Ecole, un seul représentait l'ancienne Université et son classique enseignement. Grammairien habile, professeur de rhétorique heureux et célèbre dans les concours, M. Gueroult n'était pas resté tout à fait caché dans l'ombre des colléges ; une traduction précise, élégante et sévère des plus beaux fragments de Pline l'Ancien , avait, grâce aux éloges de La Harpe, dès longtemps répandu son nom dans le monde littéraire. Attaché aux principes de la révolution qu'il avait traversée et servie sans emportement, sans se détourner de sa laborieuse carrière, proviseur du lycée Charlemagne depuis sa création, admirateur passionné de l'empereur, qui flattait de temps en temps d'un regard ou d'une parole bienveillante ce vert et beau vieillard, à la tête blanchie sous le travail ; demeuré, malgré l'âge, assez libre d'esprit pour laisser champ aux idées nouvelles, quoique gardien austère des traditions anciennes, M. Gueroult se trouvait ainsi naturellement désigné au gouvernement de l'Ecole.

Sa vieille expérience comprit dès l'abord que la vie de l'institution serait dans ses conférences, et c'est à leur organisation que se tourna toute sa pensée.

Pour les sciences, tout était facile ; l'Ecole n'eut de véritable enseignement que l'enseignement extérieur, et c'était nécessité. Là, en effet, matières, ordre de cours, méthodes, tout était arrêté ; les grands établissements créés ou rajeunis par la révolution, le Collége de France, le Muséum, l'Ecole polytechnique surtout avaient tracé le cercle ; et c'était à ces trois corps savants et à l'enseignement supérieur des lycées que le décret demandait les premiers professeurs de la nouvelle Faculté. L'expérience aussi était faite des noms et des talents : les Lacroix, les Haüy, les Thénard, les Gay-Lussac, les Geoffroy Saint-Hilaire, les Desfontaines, les Mirbel, les Poisson, allaient venir là répéter les leçons qu'ils donnaient ailleurs et se compléter eux-mêmes.

D'un autre côté, les élèves n'avaient d'autres épreuves à subir que les grades ; il n'y avait point encore de concours d'agrégation embrassant le système entier de l'enseignement des colléges, point d'exercices définis et précis sur l'ensemble de chaque science. Qu'importait alors que les cours fussent complets ou non, que le professeur concentrât ses leçons sur une ou plusieurs théories, selon l'importance ou la nouveauté des aspects qu'il lui plaît de choisir ?

L'enseignement intérieur n'avait donc qu'à se tenir le plus près possible de la leçon, à répéter, interroger, donner quelques éclaircissements. Pendant près de trois années, M. Leroy, que nous comptions encore naguère au milieu de nous, suffit à la tâche pour toutes les sciences mathématiques : la physique et la chimie ne furent confiées qu'en 1813 à M. Dulong, alors au début de cette carrière qu'il devait illustrer par de si brillantes et si courageuses expériences Mais même sous ce maître si habile et si dévoué, sous celui qui, plus tard, en 1816, formé par l'Ecole elle-même, devait être un jour son seul représentant au sein de l'Académie des sciences (M. Pouillet), il n'y eut et il ne pouvait y avoir que de simples répétitions, et encore répétitions purement théoriques et abstraites ; car l'Ecole n'eut jamais, à vrai dire, avant 1830, ni instruments ni laboratoire.

Quels pouvaient être les résultats d'une pareille organisation ? Je n'ai pas à le dire en ce moment ; mais qu'on les mesure à la vie, à l'originalité de l'enseignement des lettres , et l'on appréciera à leur juste valeur les efforts faits par M. Cousin, ceux que j'ai faits moi-même depuis sept ans, et, j'ose le dire, la légitime ambition qui nous est aujourd'hui permise; et c'est un des souvenirs qui , outre ses fécondes leçons à la Faculté, s'attachera pour nous dans l'avenir au nom de M. Thénard, qu'à peine entré au Conseil, sa sollicitude ne s'est pas un moment détournée, depuis dix-sept ans, du but à atteindre : son courage a soutenu le nôtre, et son autorité nous a fait la voie facile ; qu'il reçoive ici l'hommage d'une reconnaissance que l'Université lui doit à tant d'autres titres. (Applaudissements.)

Dans les lettres, au contraire, Faculté et conférences, tout était nouveau, incertain, divers ; point de pensée, de direction commune, et cependant l'unité est née harmonieuse, puissante, indestructible à vingt ans de remaniements, d'intermittences et de persécutions. Où donc le principe de vie ? dans l'étude, l'étude libre, capricieuse, errante peut-être, mais énergique, mais patiente et féconde en sa diversité ; dans les maîtres surtout, dans cette initiative ardente de talents et de réputations qui commencent, d'institutions qui s'ignorent, mais s'élancent appelées par les besoins du temps. Hommes modestes, qui déjà n'êtes plus que dans nos souvenirs, et vous qui nous restez encore, maîtres illustres, notre espérance et notre couronne d'avenir, se pourra-t-il jamais ressaisir et peindre ce fervent avénement de tant d'idées aujourd'hui passées en œuvre : philosophie, histoire, critique, trois écoles germant à la fois, qui depuis, fécondées, par vous-mêmes à l'heure de votre maturité, enrichies par d'autres travaux et d'autres esprits, constituent, avec notre grande école de poésie, le caractère de ce demi-siècle et lui établissent ses titres à l'estime des temps qui vont suivre.

Ce fut le mérite de M. Gueroult de pressentir ce mouvement des esprits, alors si indécis encore, ou du moins de le servir par la largeur et la liberté d'études dont il fit le loisir aux élèves de la section des lettres : deux maîtres seulement, et quels maîtres ! Tous deux avaient passé sous sa main. Le premier, son élève chéri, à l'ancien collége d'Harcourt, sa dernière gloire au dernier concours de l'Université, en 92, avait été retrouvé et retiré par lui du comptoir où, après les campagnes de la révolution, il avait cherché travail et existence. Suppléant de seconde au collége Charlemagne, et bientôt de rhétorique à Louis-le-Grand, alors lycée impérial, une érudition déjà mûre, le goût des études de grammaire emprunté de son maître, sa persévérance obstinée de traducteur fidèle, avaient préparé comme exprès M. Burnouf à sa mission nouvelle.

L'autre, qui de vous ne l'a nommé, Messieurs, et qui parmi tant d'élèves que je vois ici présents, ne rapporte à M. Villemain l'honneur d'avoir fondé ces fraternelles études des conférences où l'Ecole a puisé la vie et d'où elle allait s'élancer sur ses pas, mais dans une voie différente, cet autre élève maître, le second fondateur de l'institution (M. Cousin)? Qui de vous ne pourrait dire comment, dans cette espèce de rhétorique prolongée, dans ce hasard de lectures sans dessein et sans suite, sans ordre ni lien historique, mais animées de ses inspirations, de ses vifs et soudains souvenirs, tout un siècle de grands écrivains sortait de sa mémoire pour nous enseigner, et par la piété envers les modèles relever la critique à l'indépendance et l'imitation à l'originalité ? (Applaudissements.)

Un an après ces deux premières et si fécondes conférences, une troisième naissait à la fin de 1811, modeste, timide, je dirais presque cachée comme l'excellent et savant homme qui en reçut la direction. Bien que M. Burnouf, à côté de ses leçons latines, interprétât les auteurs grecs, et qu'à la Faculté M. Boissonnade, fléchissant à la faiblesse des élèves sa fine et profonde érudition, descendît avec bonté aux explications et aux interrogations qui pouvaient soutenir et animer leur zèle, il fallait plus et moins, si j'ose ainsi parler, à des esprits arrivant pour la plupart étrangers aux éléments même de la langue grecque. M. Mablini remplit cette lacune, et son nom a sa place entre ceux qui, de 1810 jusqu'à ce jour, ont restitué à nos écoles une étude regrettée par Rollin, et tombée avec l'asile de Port-Royal.

Ainsi donc, vers la fin de la première année, trois conférences des lettres proprement dites étaient fondées. Un an après, conformément au règlement, trois élèves les plus distingués de la première promotion devenaient eux-mêmes maîtres de trois autres conférences parallèles aux premières et destinées à y préparer les nouveaux élèves : M. Fremion pour le grec, M. Pierrot pour le latin, M. Cousin pour le français, sont les premiers élus.

Désormais les deux divisions ne sont plus confondues : les études sont distinctes, les exercices analogues, mais gradués. Les compositions trop rares deviennent plus fréquentes, leur débat plus animé, la critique plus libre et plus hardie, grâce à la familiarité, à l'égalité de l'âge et presque de la situation. Ces présidents du travail, ce sont des camarades, vivant encore dans l'Ecole, sous la règle commune. Les leçons se prolongent dans les entretiens : leurs travaux personnels et leurs lectures, leurs réflexions sur les cours qui se font au dehors, leur opposition ou leur assentiment, tout tombe, pour ainsi dire, heure par heure dans le domaine de tous. Du commentaire des textes et de l'admiration des beautés littéraires, le débat passe aux idées, plus d'une fois, sans doute, hasardé, téméraire, mais sincère toujours et ardent de vérité. Maintenant que sur ce foyer d'âmes jeunes et troublées vienne à tomber quelque rayon d'une pensée plus mûre, quelque lueur de doctrine arrêtée et puissante, n'en doutez pas, le maître a des disciples ; si rapide que soit son passage, une école est formée.

Ce fut là l'honneur et le bonheur réservé sans partage à la naissante faculté des lettres. La philosophie et l'histoire manquaient à notre enseignement intérieur : c'est elle qui les y fit descendre. Ces hautes et mâles études n'avaient jamais parlé en France que dans les livres de penseurs solitaires ; pour la première fois une tribune leur était ouverte. En quelles heures et par quelle main ? La philosophie surtout, qui, dans l'Etat, en 1811, lui voulait indépendance et fécondité ? L'une et l'autre lui vinrent à la fois.

Deux hommes, en effet, sont en présence dans les chaires nouvelles : tous deux choisis comme à dessein pour marquer, l'un le déclin et le terme, l'autre la naissance et l'élan de deux écoles rivales.

Le premier, âme douce et sereine, esprit charmant, conteur ingénieux, analyste subtil et fin, bientôt populaire au point que l'idéologie, si mal en cour, eut, pour ainsi dire, un moment son opposition dans les salles du collége du Plessis. Tracy, Volney, Garat, Cabanis, monde mourant d'Auteuil, vieux et jeunes amis, tous accouraient pressés de retrouver comme un dernier écho de

la pensée d'un siècle. Et nous, hôtes presque étrangers à ces leçons, cependant préparées pour nous, nous contemplions, curieux et surpris. Depuis huit ans, environ, que les lycées avaient vu recommencer les études philosophiques, Locke et Condillac, latinisés et tempérés par de vieux cahiers de scolastique, avaient été notre seule préparation. L'aimable et discret interprète qui dégageait à demi la spiritualité et l'activité de l'âme, étouffée sous la sensation, répondait ainsi à nos incertitudes, mais ne suffisait pas à ce spiritualisme plus franc et plus élevé que la lecture de Rousseau et le *Génie du christianisme* avaient éveillé en nous. Cette parole limpide, écrite et cherchée d'avance, quoique semblant échapper, était comme une espèce de mirage où se prenait l'esprit, croyant tout pénétrer parce que tout luisait. Mais, lorsque redescendu de sa chaire, dans les conférences qu'il devait diriger et ne dirigeait que trop rarement, le professeur se rencontrait en face de ces jeunes esprits que ne dissipait pas la vie du monde ; quand les questions, les objections se pressaient, et que l'épigramme adoucie détournait seule ingénieusement le débat, l'incertitude alors naissait, et, chez quelques-uns, la résistance. M. Laromiguière n'eut vraiment que des auditeurs et point de disciples. Il ne fut donné qu'à son livre, publié depuis, de lui refaire une école, si tant est même qu'il en ait une.

Souffrit-il de cette stérilité de ses efforts, où l'âge déjà venu et son doux nonchaloir ne lui permettaient-ils plus de se rajeunir par l'étude ? Je ne sais, mais il se retira comme las, au milieu même de ses triomphes. On parla de disgrâce, on le crut volontiers alors.

Aussi, lorsqu'à la place du maître, qui se retirait ainsi dans une sorte d'exil, resta seul le rival qui déjà depuis un an, avec des études commençantes et un nom jusque-là inconnu, excepté dans quelques cercles politiques, s'était hardiment retourné contre toute la philosophie du dernier siècle, je ne sais quelle sourde et involontaire défaveur se mêlait à l'inquiétude d'esprit soulevée par les difficiles et profondes questions que posait son impérieux et solennel enseignement. Des surfaces où se jouait notre pensée, nous étions tout à coup précipités jusque dans les plus mystérieuses profondeurs de la conscience. Ce fut, en effet, dès le premier jour le caractère de ce puissant esprit et de cette âme convaincue de commander pour ainsi dire la probité dans l'étude, et de saisir d'autorité la conscience d'autrui pour la tenir en présence de la sienne, inquiète du vrai, en sorte que, forte ou faible, arrivée ou non à pleine lumière, elle sortit de cet effort loyal, élevée, épurée, honorée à ses propres yeux. Serait-ce être téméraire de dire que c'est bien plus à cette magistrature exercée sur les esprits et sur les âmes, qu'à la nouveauté, à l'étendue, à la fécondité de ses idées, que M. Royer-Collard a dû la part presque souveraine que notre temps se plaît à lui assigner dans le renouvellement des études philosophiques? A Dieu ne plaise que je veuille affaiblir cette piété de nos souvenirs! bien au contraire. Dans le travail de l'intelligence, ces chefs de mouvement et de pensée ont leur mesure, non pas dans leurs œuvres mêmes, mais dans ce qu'ils engendrent et produisent après eux. Cet enseignement de deux ans, ces quelques leçons si hautes qu'elles soient, et que nous a rendues une main, hélas! bien chère et sitôt glacée par la mort, ce n'est pas là seulement M. Royer-Collard. Son œuvre, c'est toute cette fermentation d'esprit excitée et dirigée dans le seul asile épargné alors pour l'étude; c'est toute cette jeunesse émue au bien et à la recherche de la vérité; c'est le disciple préféré qu'il substitua si jeune à la mission que lui-même ne pouvait plus accomplir. C'est toute l'Université enfin conservée à la liberté de penser en des jours de servitude, couverte encore de la popularité de son nom, quand il n'a plus le pouvoir de protéger, et, ce qui vaut mieux, inspirée, animée de cette religion du devoir, notre honneur et notre défense, quel que soit l'avenir. (Applaudissements.)

Ce que les études philosophiques faisaient par un tel maître, l'histoire aussi le tentait : un jeune homme grave, libre et hardi déroulait avec austérité le spectacle de l'empire romain succombant sous le despotisme, le christianisme et les barbares. Sa main dégageait du milieu des ruines les éléments de cette civilisation moderne dont il devait un jour étaler les merveilles et les bienfaits aux acclamations d'un auditoire immense. Double préparation, à quinze ans de distance, d'une fortune et d'une gloire que je puis ici célébrer sans flatterie ! doux et sereins souvenirs d'admiration et d'études, Dieu merci, permis à tant de cœurs dispersés aujourd'hui dans tant de rangs, souvent adversaires, mais du moins jamais ennemis. (Applaudissements prolongés.)

Aucun enseignement intérieur ne soutenait et ne développait ces leçons de 1812 et 1813 : mais l'École s'y pressait assidue, et dans ses rangs écoutait, ignoré de lui-même peut-être, le futur historien des Normands. D'autres vocations aussi s'éveillaient : bien avant que l'enseignement de l'histoire prît place dans les colléges, des maîtres lui naissaient et préparaient le succès de son établissement officiel en 1818.

Trois ans s'étaient écoulés dans ce travail de. constitution de l'Ecole : déjà deux générations d'élèves, celles de 1810 et 1811, en étaient sorties; deux autres les avaient remplacées et avaient vécu de la même vie, reçu les mêmes leçons, jusqu'au 1er janvier 1814. A ce moment un changement s'opère, l'Ecole est transférée rue des Postes, à l'ancien Séminaire du Saint-Esprit ; mais l'organisation n'est en rien altérée, seulement le conseiller-directeur de l'Ecole et le directeur des études viennent habiter au milieu des élèves. L'ordre et la régularité allaient succéder à cette liberté capricieuse de travaux et d'études, nécessaire début de l'institution, mais restée un peu trop dans quelques mémoires comme une sorte d'âge d'or dont il faudrait reprendre le régime et la vie. On cite les noms heureux, les talents brillants qui le parent ; mais combien d'esprits et d'âmes on oublie, tombés pour ne se relever jamais sous le poids de cette liberté! combien ont failli à leur carrière, qui pouvaient l'honorer par d'utiles services, et ce dévouement au devoir, part toujours permise et accessible à tous. Les Ecoles, il faut bien s'en souvenir, ne sont pas faites seulement pour les esprits supérieurs que Dieu dégage toujours des liens de la règle commune ; c'est la moyenne des esprits et des talents qu'elles saisissent pour la diriger, la fortifier et l'élever ; leur fécondité n'est qu'à ce prix.

L'Ecole avait beaucoup à faire dans cette voie, et son chef vénérable, en rentrant au milieu d'elle, put entrevoir toute une fin de vie pleine encore de bonnes œuvres. Mais, hélas! nous touchions à la fatale journée du 31 mars. L'empire s'écroulait; le spectacle et les leçons des révolutions se substituaient aux paisibles enseignements de la science. Les cours de la Faculté perdent leurs maîtres les plus illustres, qui passent aux affaires ; les autres suspendent ou jettent leurs leçons au hasard. Les conférences seules persistent, mais distraites. Les âmes et les esprits sont ailleurs.

Mais détournons nos regards de ces jours de douleur et d'humiliation nationale. Deux années s'y consument, pendant lesquelles l'Ecole sort à peine deux fois de son silence et de son obscurité.

Une fois, c'est le Grand-Maître qui essaye de la couvrir, ainsi que l'Université, contre les clameurs qui la dénoncent comme un foyer de bonapartisme, de pensées impies et révolutionnaires, et, par une cérémonie préparée avec trop de faste et d'artifice peut-être, semble vouloir marquer une ère d'observances religieuses plus rigides et d'un culte plus éclatant.

Depuis dix ans, M. Frayssinous, l'éloquent orateur du réveil religieux des premiers jours du consulat, était condamné au silence. L'Université avait consolé sa disgrâce. Il y remplissait les fonctions d'inspecteur de l'Académie de Paris. On lui demanda de remonter pour la première fois en chaire dans la chapelle de l'Ecole normale, au milieu même de la jeunesse universitaire, en présence du Grand-Maître, du Conseil et de tous les dignitaires du corps. Le 10 août, jour de sinistre ressouvenir, M. Frayssinous parut entouré de cette autre jeune milice sulpicienne, espoir du sanctuaire, qui retrouvait enfin son maître tant d'années regretté. C'était comme un essai d'alliance. La parole fut heureuse et brillante ; mais les premiers mots tombèrent sévères sur l'empereur déchu. Ils atteignirent, sans le chercher, le confident aimé qui avait loué aux jours de l'enivrement, et qui courbait maintenant une tête résignée, sans cesser d'admirer. Tous les regards involontairement se portèrent vers lui. Même à travers une parole amie, il était facile d'entrevoir et sa propre disgrâce et celle de l'Université. Six mois, en effet, à peine écoulés, l'ordonnance du 15 février 1815 brisait l'unité de l'enseignement national, rétablissait le régime des Universités indépendantes, fictivement reliées entre elles par une ombre de Conseil royal. L'Ecole toutefois était conservée, recevant des élèves de chaque Université, et les lui renvoyant après trois ans de séjour et d'études.

Mais à peine promulguée, l'ordonnance était déchirée par le retour de l'île d'Elbe. A ce moment suprême où la royauté, sitôt infidèle à ses promesses, ne rencontre à son tour qu'infidélité et parjure, l'Ecole, dans ses jeunes et sincères illusions, s'associe un moment à une résistance impossible, et revient bientôt inutile et humiliée assister à ces crises déplorables où s'abîme avec le trop facile triomphateur du 20 mars l'indépendance de la patrie.

Son vieux et vénérable chef se retire avec l'empire qui finit, et ainsi se termine le premier âge de l'institution.

IV.

Cependant, dès le 25 août 1815, une ordonnance, fondée sur l'impossibilité d'exécuter celle du 17 février, ajournait à une loi future toute innovation dans le régime de l'instruction publique, déclarait maintenu le système de l'Université impériale, et se bornait à concentrer le pouvoir du Grand-Maître et du Conseil dans une commission de cinq membres. M. Royer-Collard en était le président.

Ainsi, l'homme qui depuis quatre ans avait le plus puissamment agi sur l'esprit de l'Ecole devenait l'arbitre de ses destinées. Deux règlements du 5 et du 14 décembre fixèrent les modifications jugées nécessaires à l'organisation intérieure et au plan d'études.

En apparence, l'administration restait constituée de la même manière. En réalité, elle subissait une altération grave et profonde. Par une conséquence forcée peut-être de la suppression du Conseil de l'Université et du petit nombre des membres de la commission qui lui succédait, le chef de l'Ecole cessait d'être membre de ce Conseil suprême. Etranger désormais à la discussion des règlements généraux et à tout le mouvement des études des colléges, qui sont cependant la règle et le contrôle de l'enseignement de l'Ecole, il ne recevait plus que de loin l'impulsion de la pensée directrice, et ne l'éclairait plus elle-même de ces communications immédiates, intimes et quotidiennes qu'avait voulues le décret de 1808. Son autorité descendait à une sorte de provisorat supérieur.

Une pensée d'ailleurs éclate dans le choix de l'homme respectable qui, bien que sans expérience jusque-là de l'enseignement public, et surtout de l'instruction secondaire, venait à propos après les premiers élans de la création et les convulsives agitations des deux dernières années ! Homme de foi sincère, en un temps de faste et d'appareil religieux, éclairé des conseils d'un frère dont le nom reste un des plus beaux souvenirs de l'Université, et qui consuma dans la modestie et le dévouement de services administratifs une brillante imagination et un rare talent d'écrivain, cher à M. Royer-Collard, M. Gueneau de Mussy, en recevant le gouvernement de l'Ecole, était placé à un poste de défense. Il y fit noblement et utilement son devoir. L'effort de sa direction tourna surtout vers la discipline, qu'il parvint en effet à rendre plus régulière : l'enseignement conserva la liberté qui faisait sa force.

Le règlement du 5 décembre, qui arrêtait le plan d'études, fut en partie l'œuvre d'un élève de l'Ecole, mort bien jeune, et dont la courte vie rassemble en quelques années tous les efforts vers lesquels se précipitait alors la pensée incertaine des générations nouvelles : rêveuse et mélancolique poésie, critique sage et savante, polémique, politique vive et acérée, Charles Loyson a tout essayé. Quand on relit aujourd'hui ces pages recueillies par la piété de quelques amis ou dispersées dans les recueils du temps, on s'explique et la chaleur des jeunes affections qui l'entouraient à l'Ecole, et l'estime dont M. Maine de Biran et M. Royer-Collard honoraient cette précoce sagesse de l'étude, si vite aguerrie au combat et aux affaires.

Ce règlement de 1815 apporte de graves modifications aux statuts de 1810. D'abord il prolonge d'une année le cours normal, jusque-là borné à deux. L'enseignement de l'Ecole y est conçu indépendant des Facultés, même pour les sciences. Il ne s'agit plus de répétitions, mais de cours complets, réguliers, systématiquement coordonnés. En première année, les études doivent être communes à tous les élèves, mathématiciens ou lettrés ; c'est une épreuve générale des vocations.

Séduisante en théorie, cette communauté au début enlevait en pratique tout le bénéfice de la troisième année qu'on ajoutait aux études ; elle les affaiblissait par le mélange d'élèves qui, ne voyant là qu'une préface de travaux sans rapport avec leur avenir, n'y devaient prendre que peu d'intérêt ; les élèves de la section des sciences surtout, dont les spécialités si diverses perdaient ainsi un temps précieux. Il est vrai qu'alors on était encore admis sans grades, et que leur obtention était le seul but marqué aux efforts des trois années : l'agrégation n'était pas encore non plus établie.

Dès l'origine, nous l'avons vu, les conférences des lettres avaient dû s'affranchir de l'enseignement de la Faculté, dont les cours n'avaient et ne pourront jamais avoir l'unité et la suite nécessaire à une école pratique. Mais elles avaient marché un peu au hasard sous l'inspiration des maîtres et le caprice des élèves. Le nouveau règlement les assujettit à des programmes réguliers. Deux cours durent embrasser la littérature ancienne et moderne divisée par genre, de manière à ce que chaque maître suivît le même genre dans les trois langues, grecque, latine et française.

La philosophie et l'histoire prennent place définitive dans l'enseignement intérieur ; la philosophie avait dû y figurer dès 1810 ; mais M. Laromiguière, chargé des conférences, les avait bientôt délaissées. En 1813, un élève répétiteur, M. Sallandrouze, avait donné quelques leçons ; en 1814, un professeur appelé de Genève, où les doctrines de Reid et de Dugald-Heward étaient en honneur, avait aussi commencé quelques essais d'exposition des théories de l'Ecole écossaise ; mais cette conférence n'avait jamais eu de vie réelle : si la philosophie régnait, c'était du dehors ; la Faculté enseignait vraiment seule. A ce moment, au contraire, c'est l'enseignement intérieur qui prévaut et conquiert la Faculté elle-même.

M. Cousin quitte les lettres, est préposé à cette conférence, et monte en même temps dans la chaire de M. Royer-Collard. Moment solennel dans une vie si jeune encore, dans une science qui se cherche ; premières et vives heures d'un règne philosophique de plus de trente années, et qui en marquent, pour ainsi dire, la fortune. A chaque pas de cette carrière, une crise de liberté, ou une halte de compression, donneront tour à tour l'élan ou la maturité, et le maître grandira dans ces alternatives. A chaque pas aussi se rencontrera une élite nouvelle de disciples pour recevoir l'empreinte et devenir comme une date des évolutions de la pensée du maître et de la science elle-même.

Ainsi, de 1816 à 1820, se groupent les Jouffroy, les Damiron, les Beautain, les Farcy, première et brillante génération qui, traversant Condillac, l'Ecole écossaise et le kantisme, recueillera et fondera le dogme et la méthode ; tandis que, de 1828 à 1830 et depuis, une seconde et une troisième génération fondent et perpétuent les études de philosophie ancienne, toujours sous l'impulsion du même maître passé au gouvernement de l'Ecole et à la direction de l'enseignement philosophique dans le Conseil royal.

Pour couronnement des études littéraires, le règlement conserve les deux grandes conférences fondées par MM. Villemain et Burnouf ; mais il essaye de leur imprimer un caractère nouveau.

Prévenant la pensée de notre temps, il veut instituer vraiment la science des méthodes et l'art de l'éducation. Chaque maître doit lire, commenter, développer les écrivains anciens ou modernes qui ont traité ces difficiles et graves sujets : Quintilien, Rollin, Jouvency, Fleury. Ainsi, ce que vous avez voulu, Monsieur le Ministre, en instituant la chaire de pédagogie, on le voulait, on le cherchait dès 1815 ; et ces indications premières peuvent éclairer l'accomplissement de vos désirs. Votre prudence m'a permis les voies de l'essai, et déjà une courte, mais sérieuse expérience d'une année a nettement séparé les diverses matières d'un si vaste enseignement, marqué la part que ne pourrait délaisser à qui que ce soit le chef de l'Ecole, celle qui doit demeurer aussi à chaque maître en sa science, celle enfin qu'un enseignement particulier peut embrasser sans péril de généralités vaines ou d'utopies hasardeuses. Ainsi à la direction, tous les grands principes d'Etat, les grands et communs devoirs envers la constitution du pays, la religion et les familles, toutes les règles imposées à la profession par les statuts de l'Université. A chaque maître, l'enseignement divisé des méthodes et le tableau de leurs principales révolutions ; à la chaire spéciale, l'histoire générale, mais précise et déterminée, des établissements d'éducation, dans l'antiquité et dans les temps modernes, leur comparaison savante et fondée sur les faits ; voie neuve encore aujourd'hui en France et à peine entr'ouverte, après tant de travaux historiques en tous sens ; œuvre d'une vie qui saura se dévouer, et, pour prix, peut rencontrer la gloire d'une étude fondée.

Ce règlement de 1815 fut-il observé ? Non, pas tout entier : dans les sciences, surtout, rien ne s'organisa ; la Faculté encore resta la seule source d'instruction féconde.

Dans les lettres, en troisième année, au lieu des cours de méthodes, les exercices de lecture, de composition et de critique continuèrent dans la voie si heureusement ouverte par les deux premiers maîtres.

M. Naudet y apportait après M. Villemain, passé à la Faculté, son érudition élégante, les pures doctrines d'un enseignement éprouvé, l'éclat de brillants succès universitaires et académiques.

Un peu plus tard, notre savant doyen de la Faculté des lettres commençait là aussi par le professorat ce long et bienveillant patronage que son inépuisable savoir, ses conseils toujours présents et actifs, rendent si cher et si efficace à nos élèves et à leurs maîtres.

En première et seconde année, moins l'histoire, confiée d'abord à M. Raoul-Rochette, toutes ces chaires si nombreuses furent occupées à la fois ou tour à tour par les élèves mêmes de l'Ecole, formés depuis quatre ans : ainsi, dans les sciences, MM. Pouillet, Deflers, Delafosse, Levy ; dans les lettres, MM. Larauza, Viguier, Renouard, Guigniaut, Loyson et Patin ; c'est dans la conférence de littérature que fut fait le premier essai de ces solides et ingénieuses études *sur les tragiques grecs*, qui depuis nous ont donné un bon livre.

A côté d'eux, bientôt M. Jouffroy vint appliquer à la psychologie et à la morale cette paisible puissance d'observations, ces fines et patientes analyses, où son âme pourtant se mêlait tout entière et faisait palpiter la science d'une émotion profonde. Noble cœur, grand esprit, dont le mérite ne se mesurera pas, l'amitié l'espère, aux ébauches imparfaites que nous a léguées sa main mourante, mais au sentiment et à l'étendue du vide qu'il laisse dans les études philosophiques.

Pendant que l'Ecole suivait ainsi ses paisibles et féconds travaux, les orages politiques grondaient de nouveau contre elle. Une réaction funeste, commencée depuis 1819 et devenue victorieuse par le crime d'un fanatique, condamnait à la disgrâce ou à la retraite volontaire tous ces hommes de dévouement et de lumières qui étaient intervenus comme médiateurs entre l'ancienne dynastie et la France nouvelle. M. Royard-Collard donnait sa démission, et les inimitiés que soulevait son nom déjà populaire s'ajoutaient aux haines implacables qui poursuivaient l'Université.

A peine a-t-il quitté la présidence, aussitôt les chaires les plus élevées de la capitale sont condamnées au silence. Le modeste enseignement des colléges n'est pas épargné. Les coups cherchent de préférence les anciens élèves de l'Ecole ; l'Ecole elle-même est menacée par une suite de mesures qui se succèdent comme des signaux d'encouragement à l'attaque et d'avertissement pour détourner d'elle les vocations.

Un recteur est donné à l'Académie de Paris, qui réunit sous son autorité l'Ecole normale qui voit rompre ainsi les derniers liens qui la rattachaient au Conseil royal comme institution générale et indépendante de toute autorité secondaire, selon le décret de 1808.

Le 27 février 1821, une autre ordonnance établit près des colléges de Paris et près du collége royal de chaque chef-lieu d'Académie, des *écoles normales partielles* dans lesquelles un petit nombre d'élèves choisis et préparés dès l'enfance doivent former autant de noviciats pour l'enseignement public. Rien ne les distingue et les sépare des autres élèves. Après trois ans donnés aux études ordinaires depuis la fin de la troisième, les uns doivent rester maîtres d'études dans le collége où ils auront été élevés, les autres seront appelés à la grande Ecole normale de Paris, maintenue encore, mais comme par grâce, et menacée sous insinuation dans le rapport qui précède l'ordonnance. Le 27 octobre 1821, on fixe les conditions du concours, et on admet pour 1822 les élèves de rhétorique, comme pour montrer les successeurs tout prêts des élèves de l'Ecole de Paris.

Enfin, le 8 septembre 1822, on lève le masque, l'Ecole est supprimée et remplacée par les *écoles partielles;* deux années de traitement seulement sont conservées aux maîtres de conférences qui n'ont pas droit à la retraite ; des secours presque humiliants promis à ceux des élèves qui ne seront pas placés dans l'enseignement, c'est-à-dire une épuration et des proscrits.

L'Ecole avait-elle mérité cette disgrâce par quelque manifestation coupable, ses cours avaient-ils été troublés ? sa direction, confiée à de si respectables mains, avait-elle dévié de sa route ? Non, aucune faute, aucun reproche. C'est un système de destruction prémédité qui, sans occasion et sans prétexte, suit sa marche, va droit au cœur de l'Université et tarit la source de son recrutement. La preuve, c'est que les écoles normales partielles, instituées et réglementées avec tant de bruit ne s'organisèrent pas, une fois la grande Ecole dissoute. Pendant quatre ans, les conditions d'entrée dans l'Université, de grades, d'avancement, sont foulées aux pieds. Exceptons cependant une salutaire et féconde mesure que le décret de 1808 avait empruntée, nous l'avons vu, à l'ancienne Université, mais vainement promise, le concours d'agrégation.

Au bout de ces quatre ans, la vue des périls dont le gouvernement lui-même était menacé, la domination toujours croissante 'un parti qui dépassait de bien loin les prudentes et nationales maximes de la religion de Bossuet, effrayèrent l'évêque d'Hermopolis ; l'Université lui parut alors une défense et une école, la seule et féconde source de recrutement, la seule et solide garantie de l'unité de direction. L'imaginaire école partielle qui n'avait jamais existé près du collége Louis-le-Grand fut transformée en une école préparatoire pour toute la France. Au lieu d'élèves-enfants, on rappela des élèves ayant terminé le cours de leurs études. C'était l'Ecole normale moins le nom, moins l'indépendance de sa haute direction ; car le proviseur du collége en était déclaré le chef, et elle était soumise à la discipline générale de la maison.

C'est une justice à rendre au ministre qui, vaincu par la nécessité, rétablissait une institution tant accusée ; il ne recula pas devant l'esprit de tradition ; il eut le courage d'appeler d'anciens élèves de l'Ecole, dont il tenait encore le nom effacé. D'un autre côté, l'homme passionné, mais honnête, qui dirigeait alors le collége Louis-le-Grand, se remit de la surveillance sur de jeunes maîtres, esprits studieux et sincères, faits pour vivre avec des jeunes gens comme eux, sans les gêner des liens d'une police étroite et ombrageuse. La liberté des études naquit donc là encore comme dans la première École de 1810. Quoique resserré dans les sciences aux plus strictes répétitions, mêlé et confus dans les lettres, sans spécialité ni exercices distincts, même par année, l'enseignement se releva par les maîtres chargés de le donner. La littérature latine fut confiée à M. Gibon, aujourd'hui le doyen de notre enseignement; l'histoire et la philosophie réunies, à M. Michelet, qui devint comme l'âme de la nouvelle École, grâce à cette sorte de seconde vue et à ce don de communication ardente, caractère dès lors de sa riche et belle imagination; la littérature grecque à M. Guigniaut, dont le zèle actif, la fidélité aux traditions de l'ancienne École, ne se reposèrent pas un moment, qu'il n'eût, les circonstances politiques aidant, affranchi la nouvelle institution de la tutelle du proviseur. Deux années se passèrent ainsi, sourde préparation d'une crise favorable. Le ministère de 1828 survint, et avec ses tentatives de réparation et de conciliation dans l'Université comme ailleurs, l'éclat soudain des trois grandes chaires de la Sorbonne, et cet incomparable mouvement d'études qui n'a d'égal qu'au douzième siècle, au premier élan de la pensée moderne. Cette fois encore, rencontre admirable de double renaissance, chaque parole qui tombe de ces tribunes populaires retentit dans l'étroit et obscur asile rétabli comme exprès pour la recueillir. Au même moment, l'effort d'affranchissement entrepris réussit; l'École est déclarée indépendante, sauf pour sa gestion économique; un directeur des études lui est donné; et lorsque, le 9 août, le ministre réparateur se retire, lorsque tout en France est en proie aux folles témérités qui retournent en arrière, le progrès ici continue; de la même main qui six mois plus tard allait déchirer la charte elle-même, un ministre (M. de Montbel) a l'honneur de signer deux arrêtés qui ont laissé trace, et dont les principales dispositions sont écrites encore dans nos règlements actuels au nombre des meilleures. L'enseignement de l'histoire et de la philosophie cessent d'être confondus; ce n'était là qu'un retour au règlement de 1815; mais un pas de plus est fait : une spécialité nouvelle s'ouvre pour les élèves destinés à la philosophie; le baccalauréat ès sciences leur est imposé; un cours de mathématiques et de physique générale les y prépare; mesure salutaire, qui, sans précipiter de si jeunes esprits dans une universalité périlleuse ou impossible, les dérobe à une abstraction idéologique trop oublieuse des réalités et des grandes lois de la nature. Les littératures latine, grecque française obtiennent trois chaires ; enfin une chaire de grammaire générale est fondée et confiée au jeune et déjà célèbre orientaliste qui venait de placer le nom de Burnouf à côté de ceux des de Sacy, des de Chezy, des Abel Rémusat, à la tête de cette grande Ecole dont nous ne revendiquons pas avec assez de piété et d'orgueil la glorieuse initiative, source de tous les travaux dont l'Allemagne est si fière aujourd'hui. (Applaudissements.)

Le plan d'études des sciences essaye aussi de prendre l'essor ; mieux combiné avec les cours de la Faculté, il les complète et souvent les remplace ; seulement, par une singularité étrange, la chimie n'y a pas sa place ; les élèves n'en suivent pas même les cours à la Faculté, et ce n'est que par l'intervention du professeur illustre qui la représente à la Sorbonne qu'elle s'établit malgré le règlement. J'insiste, non sans plaisir, sur ces détails, la justice m'en faisait un devoir, et j'aime à y retrouver cette hérédité d'esprit et de règle, qui, par des progrès insensibles, s'épanouit à la fin et à l'heure fortunée en une institution complète et achevée.

L'acte mémorable du 6 août, les deux règlements du 18 février 1834 sur les études et du 19 avril 1836 sur la discipline, enfin l'acte même qui s'accomplit en ce moment, marquent pour nous ce terme si longtemps désiré.

Ici se termine aussi la tâche que je me proposais aujourd'hui. J'ai renoué la chaîne des époques oubliées à celle dont l'histoire est écrite depuis 1830, dans ces rapports annuels dont M. Guizot, à son premier ministère, consacra l'usage ; que M. Villemain rétablit, à ma demande, en 1841, et que, depuis deux ans, Monsieur le Ministre, vous vous êtes plu aussi à recevoir sous les regards de l'Université tout entière.

Je n'ai plus à redire comment toutes ces expériences que je viens de raconter, reprises, corrigées, combinées par les efforts de mon prédécesseur et du Conseil royal, ont enfin abouti à la vaste et harmonieuse unité qui caractérise aujourd'hui notre plan d'étude. L'auteur même de l'œuvre en a consigné le tableau dans un rapport solennel de 1836.

Ce qui s'est fait pendant cinq ans, sous l'administration de M. Villemain, et depuis deux, sous la vôtre, Monsieur le Ministre, je n'ai pas non plus à le redire : la chaire de littérature française (première année), celles de langue allemande et anglaise définitivement instituées et dotées ; une troisième année d'études rendue aux élèves de la section de grammaire, et la licence ouverte à leurs efforts; les chaires nouvelles de géométrie supérieure et de pédagogie, une École, complément d'instruction et d'éducation, unique en Europe, fondée pour nos élèves, à Athènes; ce sont là des souvenirs consacrés déjà par notre reconnaissance.

En jetant les yeux sur cette vaste et belle demeure, où le luxe, Dieu merci, ne se montre que pour la sécurité de la vie, la paix de l'étude et l'appareil de nos enseignements, qui ne reconnaîtrait la sollicitude avec laquelle l'Université s'efforce de répondre aux besoins du temps? Je ne crains pas de l'affirmer, j'ai visité tous les grands établissements d'Instruction publique de l'Allemagne, consulté surtout ceux du continent, nulle part rien de comparable ne se peut offrir à ce que l'Ecole va réunir pour l'éducation scientifique de ses élèves. Théorie et pratique, tout est assuré; sans descendre aux proportions abaissées d'un enseignement professionnel, les leçons qui le préparent, l'étude savante et raisonnée des applications, ménageront désormais ici le recrutement facile et sûr de cet enseignement spécial si laborieusement étudié par le Conseil et que vous venez enfin d'annexer à nos colléges; satisfaction longtemps attendue, pensée politique autant que conforme à la nécessité, qui presse réunis dans les mêmes maisons, sous la même règle et les mêmes principes d'éducation, des esprits que la diversité des vocations disperserait fâcheusement dans des écoles où aucun rapprochement n'apparaîtrait entre les glorieuses traditions de l'enseignement libéral de nos pères et les impérieuses nouveautés de l'industrie contemporaine; où se contracterait peut-être je ne sais quelle rivalité de dédain, également fatale à l'un et à l'autre.

Modestes dans la place qu'elles occupent, excepté par la riche et belle bibliothèque où nous sommes en ce moment réunis, les lettres ont leurs instruments dans la pensée et le travail seuls; mais leur enseignement, doté de toutes les chaires qui pouvaient le compléter, n'a plus rien à désirer désormais.

Enfin, pour la première fois, j'ose le dire, la religion prend ici la place qui lui appartient. Le culte de la majorité nationale, réglé par le sage prélat de ce diocèse, avec une simplicité grave qui n'enlève rien à sa pompe orthodoxe, répond à tous les besoins de la conscience catholique, sans porter atteinte à la liberté des minorités dissidentes. Son enseignement surtout, digne du temps où nous vivons et de l'auditoire éclairé qui le reçoit, uni d'intention et de cœur à toute la discipline intellectuelle et morale de l'Ecole, rencontrera pour le soutenir la pureté spiritualiste de nos doctrines philosophiques, et cet assentiment libre qui seul fait les chrétiens sincères.

Que me reste-t-il maintenant à ajouter, si ce n'est de me tourner vers cette jeunesse, qui prend sur elle le poids du passé que je viens de retracer et de lui demander ce que le pays et le gouvernement du Roi attendent de nous en retour de leurs libéralités?

A vous, en effet, jeunes gens, à vous surtout d'acquitter notre dette envers la patrie; la charge n'est pas légère de vos devoirs et de votre reconnaissance. Quelque appui que vous prête l'Etat lui-même, les temps seront difficiles, sachez-le bien : liberté, concurrence, combat, voilà votre vie; et ne mesurez pas vos efforts à la faiblesse que le préjugé ou l'inimitié prêtent à tort aux concurrents des Ecoles nationales. D'un côté, la foi, la hiérarchie, l'unité, l'ambition sainte de conquérir des âmes en même temps que de former des esprits; de l'autre, l'âpre ardeur de la nouveauté et du progrès, les flatteries habiles de la spéculation, la sincérité ou le calcul des partis, rien ne fera défaut dans la lutte; et vous, quelle sera votre œuvre, magistrats de l'enseignement national, maîtres dont le cœur et les leçons doivent s'ouvrir aux enfants de toutes les familles, de tous les cultes, de tous les partis? La science, vous l'aurez; pourrait-elle manquer ici à qui la voudra? Mais la science, sachez-le bien, ce n'est là que l'inférieure partie de vos devoirs.

Marcher, marcher sans cesse sous la main de Dieu, entre vos consciences et la loi du pays; maintenir, perpétuer dans les âmes qui vous seront confiées cette délicate union de la liberté de penser et du filial respect envers la religion paternelle; relever les lettres et le goût national à leur chaste et sévère dignité; aimer la science pour elle-même et la retenir désintéressée au-dessus des caprices et des calculs d'un monde qui la tente à descendre par toutes les séductions de la fortune et du bruit, voilà l'œuvre que vous venez briguer ici. Voilà la mission que j'ai moi-même à remplir au milieu de vous, qui, depuis sept années, n'a pas cessé un seul moment d'être présente à ma pensée, et qui s'y retrace plus vive en ce jour solennel, où je m'approche de plus près des hauts devoirs que je n'ai pu jusqu'ici remplir que de loin.

Si rien n'est changé pour les hommes dévoués qui m'entourent, pour l'excellent directeur des études en qui reposait si sûre la part d'autorité que je ne pouvais exercer, ma responsabilité à moi s'augmente ; mais un inappréciable prix s'y attache : je viens vivre au milieu de vous, suivre jour par jour, heure par heure, tous vos travaux, veiller présent et actif à toutes les nécessités de votre vie d'étude et de paix. Que ce soit donc là, tant qu'il plaira à Dieu et au Roi, le dernier effort d'un zèle que n'ont pas épuisé encore trente années de travaux. (Salves répétées d'applaudissements.)

RAPPORT DE M. VACHEROT.

Monsieur le Ministre, Messieurs,

Dans un précédent rapport, j'exprimais la ferme espérance que l'Ecole emporterait dans sa nouvelle demeure ses fortes traditions et son heureuse fortune. Sauf quelques échecs dont nous rechercherons les causes, cette espérance n'a point été trompée. Par leur bon esprit, par la convenance et la dignité de leurs manières, par leur travail et leurs succès dans la plupart des concours, nos élèves continuent à mériter votre estime et votre confiance. C'est un témoignage que j'aime à leur rendre en présence des premiers représentants de l'Université.

SECTION DES SCIENCES.

La première année compte 16 élèves admis à l'Ecole dans l'ordre suivant :

MM. 1. Touraille ;
2. Violette ;
3. Fargues de Taschereau ;
4. Marguet ;
5. Donoux ;
6. Roulier ;
7. Sirguey ;
8. Ricart ;

MM. 9. Maridort ;
10. Pécout ;
11. Deslais ;
12. Garnault ;
13. Garlin ;
14. Planes ;
15. Lefevre ;
16. Fuihrer.

Il faut le dire, les résultats des examens de fin d'année n'ont pas répondu aux notes généralement favorables des diverses conférences. Sur le calcul, la moyenne n'a guère dépassé le chiffre 13, et aucun élève n'a pu atteindre au delà de 15. Sur la chimie, la moyenne a été plus faible encore, et trois élèves tombés au-dessous du n° 10 ont été déclarés inadmissibles. La bienveillance de M. le Ministre, prenant en considération les excellentes notes

3

de MM. Planes et Garlin, les autorise à redoubler la première année. M. Roulier, qui a éprouvé le même échec, n'a pas les mêmes titres à cette faveur. Il ne peut rester à l'Ecole qu'en perdant sa bourse, et ne s'y maintiendra que par un travail plus énergique et plus persévérant.

A part l'examen de botanique, où les réponses ont été généralement faibles, quelquefois nulles, les élèves se sont relevés dans les examens de géométrie descriptive et d'analyse appliquée ; là encore, toutefois, les examinateurs, tout en exprimant leur satisfaction, ont regretté l'inexpérience habituelle des élèves dans le développement des idées et dans la disposition des calculs.

De la comparaison des chiffres d'examen avec les notes des conférences, résulte le classement suivant :

MM. 1. Fargues ;
    2. Maridort ;
    3. Ricart ;
    4. Touraille ;
    5. Violette ;
    6. Sirguey ;
    7. Marguet ;
    8. Garnault ;
    9. Fuihrer ;

MM. 10. Deslais ;
    11. Pécout ;
    12. Donoux ;
    13. Lefebvre.

A cette liste il faut ajouter M. Woestynn, élève distingué de deuxième année, qui a été admis à reprendre ses cours interrompus par une maladie.

M. Fargues a mérité le premier rang par un travail égal dans toutes les conférences, et par des succès dans tous les examens. Par un double acte de justice, M. Maridort, qui d'un rang inférieur s'est élevé à la seconde place, obtiendra une bourse entière, et M. Donoux, déchu par sa faute, sera réduit à la demi-bourse. M. Marguet perdrait également sa bourse, s'il s'obstinait, comme il l'a fait jusqu'ici, à négliger les études qui ne rentrent point dans la spécialité à laquelle il s'est voué prématurément.

La deuxième année des sciences n'a pas été plus heureuse que la première aux examens subis devant la Faculté. Cinq élèves ont échoué sur la mécanique et deux sur la physique ; en zoologie et en géologie, les réponses des élèves se sont ressenties d'une préparation incomplète ; l'examen de minéralogie a été meilleur que de coutume, sans avoir entièrement satisfait l'examinateur. Voilà les résultats :

Notre devoir était de rechercher, sans inquiétude, mais aussi sans fausse confiance, si de tels échecs, si nouveaux pour l'Ecole, n'ont pas une autre cause que le malheur ou la négligence de quelques élèves. La faiblesse des examens de licence n'est pas, il faut bien le dire, un simple accident ; elle remonte à plusieurs années. La section des sciences soutient ses honorables traditions dans les concours d'agrégation ; mais elle faiblit dans les examens de licence. La première cause de cette décadence est, sans aucun doute, la fâcheuse sécurité des élèves. Se croyant trop sûrs d'atteindre le chiffre d'admissibilité, beaucoup d'entre eux se vouent de trop bonne heure à des études spéciales, et abordent avec une préparation incomplète ou superficielle des épreuves qu'ils ne retrouveront plus au concours d'agrégation et où il leur suffit, à ce qu'il leur semble, d'obtenir le chiffre de rigueur. Après quelques avertissements qui n'avaient pas suffi, la Faculté vient de donner une leçon qui ne sera point oubliée. Sur les cinq élèves qui ont échoué à l'examen de mécanique, quatre se destinaient à l'enseignement des sciences physiques ; tous se recommandaient par leur travail, et plusieurs par la distinction de leur esprit. Nous avons dû nous résigner à les perdre, tout en les regrettant : l'impérieuse autorité des règlements ne nous permettait pas d'écouter nos vives sympathies. Maintenir inflexiblement les exclusions prononcées par la justice de la Faculté, telle sera notre règle. Notre vœu le plus cher est que les élèves nous épargnent désormais ce douloureux sacrifice.

Une fausse sécurité n'est point l'unique cause de nos échecs. Certains élèves échouent ou faiblissent aux examens de la Faculté, même dans les études auxquelles ils se sont appliqués avec ardeur. Ce n'est donc plus le travail qu'on peut accuser ici, c'est le défaut de direction dans le travail. Le travail libre ne peut trouver place à l'École ni en première ni en deuxième année, où les examens se succèdent sans interruption. L'épreuve de l'examen est le but immédiat de tous les cours, de toutes les conférences, de tous les exercices suivis par les élèves. La préparation au concours d'agrégation est la seule qui comporte une certaine liberté de travail ; les lectures, les recherches, les méditations peuvent s'y joindre aux cours de la Faculté et aux conférences de l'École. Mais ce double enseignement doit suffire à la préparation des examens de licence. Les cours de la Faculté en sont la base ; les conférences de l'École en forment le complément. L'enseignement intérieur, libre, mais non isolé de l'enseignement extérieur, doit, dans l'intérêt des examens, y correspondre d'une manière intime et constante. Il ne suffit pas que ces deux enseignement ne se contredisent point; il faut que, sous la direction des maîtres, ils s'allient et se fondent en quelque sorte dans l'esprit des élèves. S'il en était autrement, il serait à craindre qu'un second enseignement parallèle et indépendant, même le meilleur possible, au lieu de fortifier la préparation des élèves, n'eût pour effet que de l'affaiblir en la compliquant, et que la diversité des enseignements ne se trahît par l'incertitude, l'embarras et la confusion des réponses. L'harmonie des cours et des conférences est la première condition du succès.

Une autre condition non moins indispensable, c'est l'assistance régulière, active, efficace des élèves aux cours de la Faculté. L'expérience vient de révéler les inconvénients d'une fréquentation inexacte, ou d'une assistance purement passive. La Direction de l'Ecole, de concert avec la Faculté qui veut bien lui prêter son concours, prendra les mesures nécessaires pour assurer désormais l'exécution du règlement sur ce point capital. En même temps que nous veillerons à ce qu'il n'y ait jamais d'absence, nous ferons visiter régulièrement les cahiers de notes des élèves. Ce n'est, en effet, que par des notes complètes, corrigées et développées, sinon rédigées après le cours, de manière à devenir parfaitement intelligibles, que les élèves peuvent conserver, afin de le reproduire plus tard, l'enseignement qui leur est donné à la Faculté. Cette mesure, utile pour tous les cours, est particulièrement nécessaire pour le cours de chimie, lequel, se composant de faits plus encore que de théories et de formules, ne peut être conservé qu'à l'aide de notes fort étendues.

Par la visite des cahiers de notes, nous nous assurerons que les élèves ont conservé l'enseignement de la Faculté. Par des interrogations fréquentes et précises, nous saurons s'ils l'ont bien compris; nous verrons, en outre, quelle est la partie du programme de la licence qui a été traitée dans le cours de la Faculté, et ce qui reste à faire, quant au développement ou au complément de ce programme. Il n'est pas d'exercice aussi utile à l'Ecole, aussi conforme au but et à la nature de son enseignement que l'interrogation. C'est surtout par ce procédé que nos conférences se distinguent des leçons de Faculté. L'interrogation doit y tenir autant de place que la leçon et souvent davantage. Ce n'est que par des examens, tantôt partiels, tantôt récapitulatifs, qu'on peut tout à la fois stimuler l'activité des esprits et les préparer aux épreuves qu'ils auront à subir devant la Faculté. Les résultats de ces examens se résumeront en notes qui, transmises régulièrement à la direction des études, passeront sous les yeux du conseiller-directeur et éclaireront ainsi l'administration à tous ses degrés, sur les conseils ou les avis à donner aux élèves, dans l'intervalle des réunions trimestrielles.

Tous les exercices de la section des sciences devant concourir à cette préparation des examens, les manipulations de chimie et de physique, les travaux de la conférence de dessin seront de plus en plus dirigés vers ce but. Les expériences faites à la Faculté seront répétées à l'Ecole dans l'ordre correspondant aux leçons de la Sorbonne. Le dessin des appareils et des machines, déjà introduit dans l'Ecole par l'habile maître qui est chargé de cette partie de l'enseignement, occupera de plus en plus les élèves. Du reste, la plupart de ces mesures aujourd'hui urgentes ne sont point des innovations; c'est un simple retour aux traditions qui ont fait jusqu'ici la force de nos études scientifiques et le salut de nos élèves, et qu'une certaine sécurité entretenue par l'habitude du succès avait fait trop oublier.

Les notes des conférences comparées aux résultats des examens subis devant la Faculté donnent lieu au classement général qui suit :

MM. Caron.   MM. Diguet.
    Joubert.   Simon.
    Charpentier.   Solier.

Cet ordre doit être un peu modifié dans le classement spécial.

Section de mathématiques.   Section de physique.

MM. Joubert.   MM. Charpentier.
    Caron.   Solier.
    Diguet.   M. Ladrey, qui est admis à re-
    Simon.   doubler sa troisième année fera
                               partie de la section de physique,
                               sans être classé.

Si le succès de la troisième année des sciences a été moins complet que de coutume, il n'y a pas lieu de s'en étonner. Les meilleurs élèves de cette promotion nous avaient quitté dès le début pour l'Ecole polytechnique où ils avaient été également admis. M. Séguin, qui a obtenu le premier rang au concours de physique, appartient à une autre promotion. L'un des deux élèves reçus agrégés au concours de mathématiques, M. Rispal, eût promis, par la distinction de son esprit, un succès éclatant; si sa mauvaise santé ne lui eût fait souvent interrompre le cours de ses études. Parmi les candidats qui n'ont point été heureux, plusieurs méritaient de l'être, par leur travail et leur solide instruction ; mais ils ont succombé devant d'anciens élèves d'égale force , auxquels la pratique de l'enseignement assurait l'avantage. Depuis longtemps, nous pouvons le dire, dans les concours des sciences, l'Ecole ne rencontre plus guère de rivaux que parmi les siens. Les candidats de l'extérieur sont en général fort rares aux concours de physique, et cette année la liste des agrégés de mathématiques ne compte pas un seul nom étranger. C'est donc toujours l'Ecole qui triomphe par ses anciens, comme par ses nouveaux élèves ; c'est elle qui maintient le niveau des concours par la rivalité salutaire de candidats également pénétrés de ses méthodes et de son enseignement. Nous le savons, si complète que soit la préparation des élèves qui sortent, la concurrence des anciens sera toujours redoutable, toutes les fois que l'Ecole n'aura point à leur opposer des candidats de premier mérite. Pourtant, à défaut d'élèves d'élite, de persévérants efforts, la supériorité d'une préparation récente, l'ardeur d'un courage qui n'a point encore rencontré d'obstacles, peuvent arracher la victoire à l'expérience et à la maturité. Chaque concours nous en offre l'exemple. Du reste, rien n'a manqué à la préparation des élèves de troisième année, si ce n'est peutêtre un exercice moins rare de la composition. Au concours de mathématiques, deux élèves sur cinq ont été déclarés inadmissibles, pour la faiblesse de leurs épreuves écrites. C'est un exemple qui servira de leçon aux candidats futurs. L'exercice de la composition, si utile et tant recommandé, ne saurait être trop fréquent dans l'intérieur de l'Ecole, ni surtout trop restreint dans les limites et dans les conditions prescrites par le règlement des concours.

SECTION DES LETTRES.

La première année compte 24 élèves admis dans l'ordre suivant :

MM.	
1. Chassant ;	4. Challmel-Lacour ;
2. Cahen ;	5. Boutant ;
3. Harant ;	6. Poyard ;

MM. 7. Dedual ;   16. Lorrain ;
      8. Marchand ;   17. Véron ;
      9. Dhugues ;   18. Mastier ;
   10. Boudhors ;   19. Dansin ;
   11. Vierne ;   20. Touvenin ;
   12. Lechat ;   21. Romilly ;
   13. Réaume ;   22. Cartault ;
   14. Gelle ;   23. Audouy ;
   15. Marcou ;   24. Chevillart.

Sauf quelques élèves dont la légèreté rappelait encore le collége, cette division s'est recommandée par un bon esprit et un travail persévérant. Les résultats de la licence ont répondu aux notes de l'intérieur. En juillet, 12 élèves admis sur 15 présentés ; en octobre, 8 sur 9 ; jamais le succès n'avait été plus complet. La supériorité des épreuves orales a révélé plus de soin encore que de coutume dans la préparation des auteurs. Seulement le niveau des épreuves écrites a été inférieur aux années précédentes. Cela tient en partie à ce que la composition a été trop peu cultivée. Cette répugnance des élèves pour un exercice qui a été et sera toujours le salut et la gloire de la section des lettres est notre grande difficulté. Pour ménager aux élèves les loisirs nécessaires à ce genre de travail, nous avons essayé à peu près toutes les mesures que comporte le règlement, l'institution des compositions trimestrielles, la réduction des rédactions, le libre choix des sujets. Ces mesures n'ont point suffi à assurer à la composition la place qui lui appartient dans le travail général. Ce n'est pas seulement le temps qui manque aux élèves, c'est surtout cette liberté d'esprit sans laquelle ni l'inspiration, ni même la forte méditation n'est possible. La correction, la clarté, le sens, le goût sont des qualités précieuses, que nous ne saurions trop exiger de candidats à l'enseignement classique. L'éclat, la force, l'élévation, sont des qualités plus rares, moins essentielles que nous ne demandons pas à tous, mais que nous offriraient plus fréquemment les compositions des élèves d'élite, si leur esprit était plus libre et pouvait se concentrer davantage, dans un moment donné, sur un sujet unique. Le grand nombre de conférences suivies par les élèves de première année ne peut être considéré comme excessif, puisqu'il est impossible d'en retrancher une seule sans détruire un système d'études dont une longue et heureuse expérience a révélé la haute valeur. On ne saurait trop le redire, rien

n'est plus propre à former, à développer, à élever l'intelligence
que cette généralité d'études qui est le principe même de notre
règlement, et dans laquelle l'esprit trouve l'éducation complète
de ses facultés. C'est là ce qui relève surtout l'enseignement de
l'Ecole, ce qui le distingue d'une simple préparation aux examens
de licence et aux épreuves de l'agrégation. Plus tard, soit
dans leur enseignement, soit dans leurs livres, les professeurs de philosophie, d'histoire, de rhétorique et de grammaire s'estiment heureux de retrouver dans leurs études générales des explications et des éclaircissements pour les choses
même de leur spécialité.

Mais, d'une autre part, cette grande et large organisation
des études, si propre à l'éducation des esprits et si féconde
en résultats pour l'avenir, impose aux élèves de première année
surtout une tâche bien laborieuse. Il faut satisfaire à tous les
maîtres, sans jamais perdre de vue l'épreuve de licence; il faut
concilier les conférences avec la préparation des auteurs et
l'exercice des compositions. Peu d'élèves font face à toutes les
difficultés de leur tâche. La préparation des examens qui décident
de l'avenir des élèves les préoccupe et les absorbe généralement;
ils négligent les études qui ne les mènent pas directement à ce
but; les conférences d'histoire et de philosophie suivies par le
grand nombre avec une distraction inévitable, malgré l'habile et
intéressante direction des maîtres qui en sont chargés, n'obtiennent de travail et de véritable application que de quelques élèves
qui se sentent déjà une vocation historique ou philosophique.
Enfin, il est évident que l'assistance perpétuelle des élèves aux
conférences les réduit au rôle passif d'auditeurs et leur enlève
jusqu'à un certain point le temps, le goût et la faculté du libre
travail. Il importait donc d'abord de dégager la première année
en réduisant le nombre des leçons. Or, cette réduction ne pouvait être opérée ni sur les conférences de littérature latine
et de littérature grecque qui préparent directement à la licence, ni sur la conférence de littérature française, qui n'a
que deux leçons pour atteindre le même but. On ne pouvait la
tenter que sur les conférences d'histoire et de philosophie.
Nous avons dû proposer, à titre d'expérience et d'essai, de sup-
primer une leçon d'histoire et une de philosophie en première
année. Ce double enseignement réduit à deux leçons nous paraît suffire à la grande majorité des élèves absorbés par la préparation des examens de licence. Quant à ceux qui devront se

vouer plus tard aux études historiques ou philosophiques, ils retrouveront en troisième année la leçon d'histoire ancienne ou la
leçon de philosophie dogmatique qu'ils auront perdue en première année ; ils la retrouveront plus forte, plus approfondie,
plus développée, telle enfin que doivent la recevoir des esprits
exercés, nourris d'études historiques et surtout libres de toute
préoccupation étrangère à leur spécialité. Ainsi, par la mesure
dont nous proposons l'essai, nous ne dégageons pas seulement
la première année ; nous fortifions l'enseignement historique et
l'enseignement philosophique de l'Ecole. Nous disons l'enseignement et non pas simplement la préparation aux épreuves d'agrégation. Sans doute cette préparation si habilement dirigée par
les deux maîtres de conférences d'histoire et de philosophie de
troisième année ne peut que gagner encore à l'adjonction de
deux autres maîtres non moins éprouvés. Si l'Ecole s'est bien
trouvée jusqu'ici de l'unité de direction, elle n'attend pas moins
du concours et de l'harmonie de deux volontés rivalisant de zèle
et de dévouement à la poursuite du succès. Mais, en ce qui con-
cerne particulièrement les études philosophiques, c'est moins la
préparation aux épreuves de l'agrégation qu'il s'agit de fortifier
que l'enseignement dogmatique. L'histoire de la philosophie occupe exclusivement les élèves de seconde année. La philosophie
proprement dite ne revient en troisième année qu'accidentelle-
ment, sous forme de leçons ou de compositions. Cette lacune
s'est révélée souvent aux concours d'agrégation par la faiblesse
de la composition dogmatique. Un complément d'études psycho-
logiques nous semble donc tout à fait nécessaire en troisième
année, si l'on veut que les élèves de l'Ecole abordent l'agrégation et surtout le professorat avec une complète éducation philosophique. Nous l'avons souvent entendu dire à nos maîtres, la
science historique la plus riche, ne vaut pas, chez le professeur
et chez le philosophe, l'habitude de la méditation et la faculté
d'analyse.

Les examens de fin d'année ont été généralement heureux.
En grec et en latin, les élèves expliquent avec facilité et traduisent
avec une certaine aisance. Mais leur interprétation manque de
précision et leur traduction d'exactitude et de fermeté. Conservant encore dans cet exercice les habitudes du collége, ils aban-
donnent à la moindre objection le sens qu'ils ont adopté, ou s'ils
persistent, ils ne savent point exposer les raisons de leur préférence. D'élèves qui abordent l'examen avec une préparation

aussi laborieuse et aussi savante que celle des conférences, l'examinateur a droit d'attendre plus de critique dans l'interprétation des textes et de fidélité et d'élégance dans la traduction. L'examen de littérature française est celui qui avait été préparé avec le plus de soin. Beaucoup d'élèves ont répondu avec justesse et précision, quelques-uns, comme MM. Boutan et Cahen, avec distinction. Les examinateurs d'histoire et de philosophie ont été satisfaits des réponses d'un certain nombre d'élèves. Néanmoins il est évident que la préoccupation des examens de licence en première année paralyse les efforts des habiles maîtres auxquels ce double enseignement a été confié. L'histoire et la philosophie ont trop peu d'influence, quand elles en ont réellement, sur les résultats des épreuves de la licence, pour que les élèves qui ne s'y destinent pas aient un intérêt sérieux à les cultiver.

En tenant compte à la fois du travail de l'année et des résultats des examens, nous proposons de classer les élèves dans l'ordre suivant :

MM.
1. Chassant ;
2. Cahen ;
3. Poyard ;
4. Challmel-Lacour ;
5. Harant ;
6. Véron ;
7. Dhugues ;
8. Réaume ;
9. Boutan ;
10. Marcou ;
11. Marchand ;
12. Mastier ;
13. Gelle ;

MM.
14. Vierne ;
15. Lechat ;
16. Dedual ;
17. Boudhots ;
18. Audouy ;
19. Romilly ;
20. Thouvenin ;
21. Lorrain ;
22. Cartault ;
23. Chevillard.

M. Dansin, étant resté en congé pendant les examens, n'a pu être classé.

Une bourse entière est accordée comme récompense à MM. Véron, Réaume et Marcou qui, admis tous trois dans un rang inférieur, ont conquis une place honorable par leur travail et leurs remarquables progrès.

La seconde année comptait 20 élèves classés au début dans l'ordre suivant :

Section générale.

MM.
1. Glachant ;
2. Caro ;
3. Blanchet ;
4. Dunière ;

MM. 5. Beulé ;
   6. Aubertin ;
   7. Delondre ;
   8. Bonnefond ;
   9. Leune ;
  10. Salomon ;

11. Delépine :
12. Delibes ;
13. Moreau-Duvicquet ;
14. Mezières ;
15. Clémencet.

Section spéciale de grammaire.

MM. 1. Ohmer ;
   2. Molliard ;
   3. Thirion ;

MM. 4. Cuvillier ;
     5. Maréchal.

M. Dunière vient de nous être enlevé, à la suite d'une longue et cruelle maladie. Destiné à l'enseignement de la philosophie par une vocation naturelle et par le choix de ses maîtres, cet élève promettait à l'Université un professeur plein d'âme et de talent, et à la science un esprit distingué. L'Ecole a fait, dans le cours de l'année, une autre perte non moins regrettable dans la personne de M. Perrault, emporté par une maladie semblable, après une lutte douloureuse de dix-huit mois. Ces deux jeunes gens étaient l'espoir et devaient devenir le soutien de familles pauvres qui avaient fait les derniers sacrifices pour leur assurer un avenir digne de leur travail et de leur talent. C'est parmi les meilleurs, c'est dans les familles où de telles pertes seront le plus senties, que la mort choisit ses victimes. Baudesson, Boilly, Perrault, Dunière étaient des élèves d'élite qui devaient faire honneur à l'Université et à leurs familles ; ce ne sont plus que des souvenirs qui vivront toujours dans nos cœurs.

Cette année s'est fait remarquer par l'activité de ses études. La plupart des élèves ont remis des travaux littéraires, historiques, philosophiques importants. Il est à regretter seulement que, dans ces travaux, peut-être trop étendus, l'érudition ait nui à l'art de la composition et au talent d'écrire. Il est bien difficile en effet que la verve de l'esprit ne s'épuise et que la plume ne se fatigue dans les longs développements et les menus détails que comportent de pareilles recherches. Chacune des trois années a un genre d'exercice qui lui est propre. A la première conviennent ces compositions brèves et rapides dont l'habitude est une condition indispensable des succès de licence. A la troisième, appartiennent ces études de longue haleine qui ont pour objet la préparation du programme d'agrégation. Les travaux de seconde année ne comportent ni cette étendue ni cette brièveté. S'ils doivent être autre chose que de simples développements oratoires ou littéraires, ils ne peuvent prendre les proportions de thèses ni surtout de mémoires. L'érudition doit y être sobre et discrète, toujours soumise aux règles du goût et de la composition littéraire. Il faut s'y garder surtout de cette forme facile, négligée, sans nerf et sans couleur qui ne convient qu'au style de notes et de rédactions, et que, par une fâcheuse habitude, les élèves transportent quelquefois dans les épreuves de l'agrégation.

Quant aux examens de fin d'année, les rapports de MM. les examinateurs sont en général très-favorables. Sur la littérature grecque, les élèves ont montré du sens et de la sagacité dans l'analyse des monuments et l'appréciation des auteurs, mais aussi quelque inexpérience de la critique historique. Sur la littérature latine, les réponses des élèves, généralement satisfaisantes, n'ont pas suffisamment reproduit le solide et savant enseignement de l'École. En littérature française, les élèves ont bien traité les questions qui leur ont été posées; mais comme le plus souvent ces questions rentraient dans les études spéciales faites par chacun, il est difficile de juger jusqu'à quel point la conférence était préparée à répondre sur l'ensemble du cours. Sur l'histoire de la philosophie, les élèves spéciaux seulement ont fait preuve de connaissances précises et étendues. Chez tous les autres, l'examen a révélé une préparation incomplète. Sur le cours d'histoire moderne, l'examinateur a constaté un progrès chez les élèves qui se destinent à l'enseignement des lettres. Parmi les élèves spéciaux d'histoire, M. Delépine s'est distingué par la facilité, la netteté et la précision de ses réponses. En grammaire, l'examinateur a été content de l'interprétation et de la traduction des textes.

Malgré le succès obtenu chaque année par un certain nombre d'élèves dans ces examens, nous ne trouvons pas que les résultats répondent tout à fait aux efforts de l'enseignement. La préparation des examens, assez forte sur quelques points, embrasse rarement l'ensemble du cours. Abusant d'une tolérance qui avait pour but de favoriser le travail de la composition, les élèves se bornent à écouter les leçons qui leur sont faites dans les diverses conférences, sans chercher à les conserver par des rédactions, des résumés, ou même des notes complètes. Quand le moment des examens approche, la préparation des élèves, ne retrouvant plus l'enseignement de l'École, se réduit à des études spéciales, faites

il est vrai sous la direction des maîtres, et à des lectures personnelles, où les élèves puisent des idées qui ne sont pas toujours en
harmonie avec l'enseignement ; en sorte qu'il est fort difficile à
l'examinateur de retrouver dans les réponses des élèves la méthode, l'esprit, la pensée générale des cours. Cette tendance déjà
fort ancienne des examens, est tout ce qu'il y a de plus contraire
au règlement ; si elle était tolérée plus longtemps, elle amènerait
infailliblement la suppression des études générales à l'Ecole, et
irait jusqu'à effacer toute trace de l'enseignement, dans quelques
limites que les maîtres l'aient renfermé. Que les élèves, à l'activité desquels du reste nous nous plaisons à rendre justice, continuent leurs travaux, leurs lectures, leurs études spéciales en
seconde année; ce mouvement des esprits est excellent ; nulle part
le travail libre n'est mieux à sa place qu'en deuxième année. Mais
les élèves ont trop oublié que ces travaux, ces lectures, ces études
personnelles doivent se rallier toujours à l'enseignement de l'Ecole,
comme à leur centre et à leur loi. Cet enseignement ne pouvant jamais prétendre à être complet, sans s'exposer à devenir vague et
superficiel, il est de toute nécessité que les maîtres le concentrent
sur un certain nombre de points capitaux. Mais les lacunes du
cours n'en doivent pas moins être comblées, soit par des résumés
sommaires faits par les maîtres, soit par des études particulières
entreprises par les élèves. Avec cette direction, la préparation
des examens pourra être générale et les élèves seront en mesure
de répondre sur toutes les questions du programme officiel.

Voici l'ordre de passage en troisième année :

Classement général.

MM.		MM.
1. { Glachant ; { Caro ;		7. Salomon ;
2. Aubertin ;		8. Beulé ;
3. Blanchet ;		9. Leune ;
4. Bonnefond ;		10. Mezière ;
5. Delondre ;		11. Moreau-Duvicquet ;
6. Delépine ;		12. Clémencet.

Classement spécial.

Classes supérieures des lettres.

MM. 1. Glachant ;
    2. Aubertin ;
    3. Blanchet ;
    4. Salomon ;
    5. Beulé ;
    6. Leune ;
    7. Mezière ;
    8. Moreau-Duvicquet ;
    9. Clémencet.

Philosophie.

MM. 1. Caro.
    2. Delondre.

Histoire.

MM. 1. Delépne ;
    2. Bonnefond ;
    3. Delibes.

Grammaire.

MM. 1. Molliard ;
    2. Ohmer ;
    3. Cuvillier;
    4. Maréchal ;
    5. Thirion.

Sauf M. Clémencet, tous les élèves de cette conférence ne méritent que des éloges. Parmi les plus laborieux, il faut compter MM. Delépine, Delondre et Molliard, que nous proposons d'élever à la bourse entière.

Troisième année.

L'heureuse épreuve des classes faites pendant l'année dans les colléges de Paris était de bon augure pour le concours d'agrégation. En littérature, sur 4 candidats, 3 agrégés, dont 1 au premier rang ; en philosophie, sur 2, 1 élève reçu le second, avec les honneurs du concours ; en grammaire, 4 agrégés sur 6 candidats ; en histoire, aucun agrégé sur 3 élèves présentés ; en résumé, des succès éclatants avec un grave échec, tel est le bulletin de la campagne. Habitués que nous sommes à chercher des leçons dans nos victoires comme dans nos revers, nous recommandons de nouveau aux élèves des lettres l'exercice de la composition. Encore cette année, la section de littérature a dû son succès beaucoup plus à ses épreuves orales qu'à ses épreuves écrites. Les élèves de philosophie n'ont manqué une victoire complète que par la faiblesse de la composition historique. Les élèves d'histoire n'ont pas été moins faibles dans la composition que dans les examens.

Ajoutons, pour compléter ce compte rendu déjà bien long, que l'étude des langues vivantes, toujours poursuivie avec ardeur et succès dans les cours supérieurs, a langui dans les cours élémentaires. Nous ne pouvons tolérer la négligence ou l'inertie, même dans les enseignements accessoires ; nous n'exigerons des élèves que le travail nécessaire à leurs progrès ; mais, dans cette mesure, nous tiendrons à ce que tout élève s'acquitte de sa tâche. Désormais, l'un ou l'autre de ces enseignements devant être obligatoire pendant les deux premières années, nous espérons que les élèves entreprendront plus sérieusement une étude qu'ils devront continuer l'année suivante.

Monsieur le Ministre, depuis que l'Ecole est appelée à soumettre à une haute publicité le compte rendu de sa discipline, de ses études, de ses travaux, elle s'est imposé le sévère devoir de tout dire, les revers comme les succès, les fautes comme les mérites, le mal avec le bien. Que cette tâche nous soit toujours rendue douce et facile par le bon esprit, le travail et les succès de nos élèves, c'est notre désir et notre espoir. Mais dans les leçons et les conseils qui viennent d'être adressés à la section des sciences, vous avez pu voir que nous ne reculions point devant ce devoir d'inflexible sincérité. L'Ecole d'ailleurs veut être traitée comme toutes les grandes et fortes institutions. Toute vérité peut lui être dite devant l'Université qui l'aime et la soutient de sa confiance, devant le gouvernement du Roi qui, en la dotant d'une demeure digne d'elle, lui montre qu'il a foi dans son avenir. La cause de nos échecs dans la section des sciences, je me plais à le répéter, n'a rien de grave ni de profond. Les habitudes d'ordre et de travail y sont toujours les mêmes. Ce qui lui a manqué, ce que nous attendons de son excellent esprit, c'est une meilleure direction du travail, c'est une préparation plus active et plus régulière des examens qui ont fait si longtemps sa force et son honneur. Elle a une éclatante revanche à prendre d'un échec dû à une trop grande sécurité. Pour retrouver la fortune qui lui a été un moment infidèle, elle n'a qu'à revenir à ses propres traditions.

Mes chers amis, les succès du passé ont coûté bien des efforts ; comptez que les victoires de l'avenir en demanderont davantage. La concurrence du nombre, du travail, du talent grandit autour de vous ; l'Ecole ne la dominera qu'en s'élevant au-dessus d'elle-même. Comment ne grandirait-elle pas sans cesse, avec les moyens puissants de succès dont la libérale sollicitude de l'Etat

vient de la pourvoir? Avec quelques livres, avec un enseignement incomplet, avec quelques rares et imparfaits instruments
d'expériences et de démonstrations, avec quelques débris de collections, vos aînés, en petit nombre, ont fondé la réputation de
l'Ecole dans une maison en ruines, image toujours présente d'une
existence précaire. Vous qui recueillez le prix de leurs travaux
et de leurs victoires, n'oubliez jamais les fortes traditions auxquelles l'Ecole doit sa brillante et heureuse destinée. Tout con-
spire ici à votre succès, les conseils de chaque jour des
maîtres zélés qui, chacun dans sa fonction de surveillance,
de sous-direction ou de direction des études, se dévouent à
votre avenir; l'enseignement de professeurs dont le talent et la profonde expérience vous préparent aux concours et vous forment au
professorat ; la vigilante sollicitude d'un chef dont votre avenir
est toute la pensée ; la sympathie de l'Université entière où vous
ne trouvez que des frères ou des amis ; le haut patronage d'un
Ministre bienveillant qui a mis fin à l'œuvre de votre établissement définitif, commencée et poursuivie par ses illustres prédé-
cesseurs. Mais si l'Etat n'a pas mesuré ses dons, vous ne
mesurerez pas votre dévouement. La mission de l'Université
grandit avec les besoins, avec les exigences de notre société.
Grâce à la sévérité des mœurs, à la dignité des caractères, à la
gravité des esprits, le professorat public est devenu, dans l'opinion, la magistrature de l'enseignement. Il faut qu'il s'élève encore, et que, par un religieux amour de l'enfance et de la jeunesse, par l'éducation des âmes aussi bien que des intelligences,
il devienne un vrai sacerdoce. Mission bien haute, mais qui, dans
l'Ecole et dans l'Université, n'est au-dessus ni des esprits ni des
cœurs. (Approbation générale.)

Paris, Imprimerie de Paul Dupont.